MASTER ICHIMATSU'S THRILLING STORY
AT THE END OF THE EDO ERA

イラスト／アオジ マイコ
本文デザイン／幻冬舎デザイン室

市松師匠幕末ろまん　黒髪

坂 井 希 久 子

幻冬舎時代小説文庫

目次

主な登場人物

市　松……三味線の師匠。京出身の元陰間。二十五歳。

捨　吉……市松の下男。元「陰間のまわし」。

おりん……駕籠屋「瓢屋」の三女。十三歳。

久兵衛……「瓢屋」主。趣味は雲雀飼い。四十半ば。

お　松……「瓢屋」の女将。久兵衛の妻。

おまさ……「瓢屋」の長女。二十二歳。

おゆか……「瓢屋」の次女。十五歳。

お　種……「瓢屋」の女中。おりんの供。

第一章　目に見えぬ枷

一

チャン、ラン、チンチンテンツントン――。

三下がりの三味線の音が響く。うっすらと蠟を塗ったようななめらかな手が、三本の糸の上を優雅に滑ってゆく。いつ見ても、ため息が出るほど美しい。

「ほら、ぼんやりしていないで、続けて弾きな」

女にしては低く落ち着いた声も、伸びやかで艶がある。だからといって、のんびりと聞き惚れている場合ではなかった。

「はい」と返事をして、おりんは撥を握り直す。

先ほどの音と指使いを思い出し、そのとおりになぞってみた。

「チャンの押さえる場所が違うね。もう少し、人差し指と中指の間隔を広く取るんだ」

注意を受け、指をうんと開いてみる。目当ての音には、届かない。

「ああ、そうか。手が小さいんだね。だったら紅差し指でいいよ」

言われたとおりにすると、難なく目当ての音が出た。

おりんはまだ十三。身丈も手も、この先どのくらい大きくなってくれるだろうか。できることなら手の甲よりも、指が長くなってほしい。そのほうが、三味線がうまく弾けるに違いないから。

正面に座るお師匠さんの手は、まさに理想だった。指が長く真っ白で、桜貝のように輝く爪まで形よい。薬指ではなく紅差し指という呼びかたに、おりんは薄い胸をときめかせた。

あの指に紅を取って、唇に塗るのかしら。

手鏡を覗（のぞ）き込み、唇にそっと紅を差す光景が思い浮かぶ。幾度も塗り重ねられ、艶々（つやつや）と輝く唇。塗り終えた薬指もぼんやりと紅に染まって、白い肌との対比が婀娜（あだ）っぽい。

師匠の身支度を勝手に覗き見たような気分になり、おりんは頬を赤らめた。

「さぁ、もう一度。チャン、ラン、チンチンテンツントン」

口三味線に合わせ、撥を振り下ろす。

うまくできたと思ったのに、首を傾げられた。

「勢いがあるのはいいことだけどね。この曲はしっとりと聴かせてほしいもんだよ」

ちょっと聴いてなと言って、師匠は息を吸い込む。三味線を弾きながら、自ら歌いはじめた。

黒髪の　結ぼれたる思いには
解けて寝た夜の枕とて　ひとり寝る夜の仇枕
袖は片敷(かたし)くつまじゃというて
愚痴(ぐち)なおなごの心も知らず　しんと更けたる鐘の声
昨夜の夢のけさ覚めて　ゆかし懐かしやるせなや
積もると知らで　積もる白雪

長唄『黒髪』である。

恋人に去られた女の、一人寝の寂しさを歌った曲だ。哀感たっぷりの、恨み節である。

いまだ恋を知らぬおりんには、その妙味が分からない。子供に弾かせるには、いささか艶っぽすぎる曲である。

長唄というのは、たいていが男女の恋を歌ったもの。歌の中身よりも、曲の難易の具合によって教える順が決まってくる。おりんが師匠についてはじめに教わった『明(あけ)の鐘』も、共寝をした男との別れを惜しむ歌だった。

「それからね、撥はそんなふうにギュッと握らなくっていい。指と指の間を空けて、軽く摑(つか)むんだよ」

この『黒髪』は、『明の鐘』を終えて今日から教わる曲である。

つまり、三味線じたいがまだ習いはじめ。撥は薬指と小指の間に挟んでから握るため、指のつけ根がたいそう痛い。師匠曰(いわ)く、それもしだいに慣れてくるらしいのだが。

おりんは練習用の木の撥をいったん置き、手を握ったり開いたりしてから言われたとおりに握り直した。

「さ、もう一度さっきの音を弾いてみな」

促されて、少しばかり弱々しく弾いてみる。

「そういうことじゃないんだけどねぇ」と、師匠はやはり首を傾げた。

そんなことを言われても――。

師匠の手本は、哀切に満ちていながらも妖しげな美しさがあった。どうすれば、あの音が出せるのだろう。

市松師匠も、一人寝る夜に枕を濡らしたことがあるのかしら。

その名のとおり市松人形のように白く整った、師匠の顔をそっと窺う。

涼しげな目もとに、高い鼻梁。唇は下のほうがやや厚く、紅が映える。弟子の名札がずらりと並ぶ壁を背に、端座する師の美しさ。それを言い表すのにちょうどいい言葉を探してみて、ふと思いつく。

臈長けるって、たぶんこんな感じよね。

小娘には太刀打ちできない、洗練された気品ある美。この人にとっては月日とて己を老いさせるものではなく、磨き上げるためにあるのかもしれない。中年増と呼ばれる年齢にありながら、白くうちけぶるような肌をしている。

こんなに美しい女の人を、捨てる男がいるのかしら。

おりんにはとても信じられない。けれども物語を繙けば、六条御息所しかり、道成寺の清姫しかり、男に捨てられて物の怪になってしまった美しい女たちの例もある。

師匠の喉元には、メリヤスの黒い布。五月に入り、じめじめと暑い日が続いているというのに、しっかりと首に巻かれている。噂によると醜い傷跡があるためらしく、逆恨みをされて殺されかけたとか、男に捨てられ自害しそこねた傷だとか、近隣の者は好き勝手に言い合っていた。

本当のところは、どうなのだろう。気になるけれど、聞けやしない。少なくとも師匠は己の喉を人目に触れさせたくはないようで、湯にも通わないそうだ。

「ひとまずは、それでよござんす。先へ進みましょう」

師匠が諦めて、ツンテンツンと次の節を弾く。しょせん相手は子供よと、侮られたように思える。

歳若い弟子の不服そうな顔を見て取って、市松師匠はふふふと笑った。

「焦らなくても、お前さんにもいずれ弾きこなせる日がくるだろうさ」

三味線はうまくなりたいけれど、その日がくるのを心待ちにしてよいものか。愚痴なおなごの境地には、足を踏み入れたくない気がする。

それはそれとして師匠の微笑み(ほほえ)は匂いやかで、またもやおりんを夢心地にさせるのだった。

「しっかりなさって、お嬢様。もっとこう、しゃきしゃきと歩いてくださいまし！」

後ろから背中を押され、おりんの長い袖が揺れる。危うくつんのめりそうになり、ハッと息を吹き返した。

「三味線のお稽古(けいこ)帰りは、いつもそう。心ここにあらずでふらふら、ふらふら。危なっかしいったらありゃしませんよ」

口達者なのは、迎えに来た女中のお種(たね)である。おりんの三味線箱を左の脇に抱えたまま、ふんと胸を張ってみせた。

膂力(りょりょく)に優れ、女だてらに米俵二俵を担げるほどである。その大力を見込まれて、おりんのお供に納まった。人にからかわれ続けた馬鹿力を高く買われたのがよほど嬉しかったらしく、いくつかあった縁談も断って、嫁き遅れと言われても構わずおりんにつき従っている。

「近ごろは江戸も物騒なんですから、気を引き締めてくださいましね」

お種の心配は、もっともである。

諸外国の求めに折れる形で国が開かれてからというもの、通商で潤っているのは一部の商人だけ。市井の人々は物価の高騰にあえいでいた。

そのために急増したスリや拐かしに注意を払わねばならないのみならず、近ごろは不逞浪士の存在も悩ましい。井伊大老が桜田門外で水戸浪士を中心とする狼藉者に斬られたのは、昨年三月のことだった。

よもや天下の大老が、二十人にも満たぬ浪士どもに弑せらるとは。しかも登城の最中、大名行列を見物せんとする衆人環視の下である。六十人ほどもいたというお供の侍たちはいったいなにをしていたのだろうかと、おりんでさえ疑ってしまう。

門付け芸人たちは木魚を叩きながら、主をまんまと殺されてしまった彦根藩を「めっぽうの馬鹿」とこき下ろした。ないない尽くしで「桜田騒動途方もない、鉄砲で撃ったは途方もない、そこでどうやらお首がない、供人一人も追う人がない」という歌も流行ったものだ。

なにせ井伊大老といえば、まさに通商条約を許可した張本人。庶民の苦しみの元ゆえに、風刺にも容赦がない。前代未聞の血みどろの事変を恐れるより、人々はむしろ浮かれ騒いでいた。

かといって大老を弑した浪士どもも、「よくやった」と褒められはしない。二百六十年の泰平に慣れた江戸っ子は、それを脅かすものをことごとく憎む。天下様が任じた大老に、刃を向けるなどもってのほか。芸人たちは水戸藩をも、「潰してしまったほうがよっぽどいい」と厳しく批難していた。

なんだか雲行きの怪しい世の中だ。桜田騒動に加わった男たちはその多くが、討ち死に、あるいは自刃、あるいは自訴して処刑の日を待っている。しかし寡勢で時の大老を討ち取ったという事実は、諸国に潜む浪士どもの心を昂ぶらせるに充分であったろう。この先第二、第三の騒動が、いつ起こらぬともかぎらなかった。

政が分からずとも、そんな世間の不穏さは肌にひりひりと感じられる。それゆえに、お種は以前よりも気を張っていた。

「いいですね。どこに不逞の輩が潜んでいるか、分かったものではないんですから」

そう言って、頬骨の高い顔を近づけてくる。

おりんは麴町十一丁目に店を構える駕籠屋、「瓢屋」の三女である。江戸に足の速きもの、かわら版にまぐろの切り身、瓢印の長半纏と歌われるほど、瓢屋の駕籠は速いことで評判だった。

そのぶんお代は、そのへんの辻駕籠よりもずっと高い。大方の予想どおり身代は潤っており、たとえばおりんが着ている振袖だけでも、剝ぎ取って売ればそれなりの額になると思われた。

「種が相手をちぎっては投げ、ちぎっては投げしているうちに、お嬢様は逃げてくださいましよ。ぼんやりしていては出遅れます」

やれやれ、せっかく市松師匠の面影を、薄れぬよう胸に思い描いていたというのに。鼻息も荒く詰め寄る女中に、おりんはうんざりと首を振る。

「んもう、お種ったら。そんなにくどくどしく言われたら、せっかくの余韻が覚めてしまうじゃないの」

「覚ましているんですよ。お嬢様ったら、市松師匠にすっかりお熱なんですから」

「だって、本当に素敵なんだもの」

　市松師匠の素晴らしさは、容姿に優れているのみではない。美人の女師匠がいると聞けば、下心を隠せぬ男たちが弟子にしてくれと群がるのは世の常のこと。女の独り身なればそのうちの誰かと懇ろになり、人気も下火になるものだが、市松は誰にもなびかぬことで有名だった。

　男たちも意地になり、手を替え品を替え落としにかかるものの、市松の手のひらの上で踊らされている。あまりに麗しい女師匠が越してきたことで、近隣の女たちは亭主に色目を使われるのではと危ぶんだが、今では「あそこの師匠なら安心だ」と笑顔で送り出しているという。

　高嶺の花は誰からも手折られる素振りを見せずに凜と咲き、それゆえに手を伸ばしたがる者が跡を絶たない。身持ちの堅さが認められて良家の子女も通うようになり、市松の稽古屋は繁盛していた。

「どんなに引く手あまたでも、男の人に頼らず自分の腕一本で生きている。あたしもそうありたいものだわ」

うっとりと語りだしたおりんを横目に、またはじまったと言わんばかりにお種が首をすくめた。おりんのごときお嬢様は、どうせ親が決めた相手に嫁(か)するのに。とは、思っていても口にしないだけの分別はある女だ。

「あのお師匠さんも、芸者だったころは旦那の世話になってたって聞きましたけどねぇ」

「誰から？」

「誰というのでもない、噂ですが」

「お師匠さんは、自分のことはあまり話さないもの。だから尾鰭(おひれ)がつくんだわ」

元は芸者だったというのも、人の噂だ。一年前に四谷忍町(よつやおしまち)へ移り住む前は、どこに暮らしていたかも分からない。だからこそ知りたくて、憶測が飛び交っている。

「案外ほら、いつも控えの間へお茶を出しにくる、あの下男とできているんじゃありませんか」

師匠の家は、二間続きの平屋建て。他の弟子の稽古が長引いているときは、もう一つの控えの間で待たされる。その際に、ものも言わず茶だけ運んでくる男がいた。

「まさか、それはないわ」

おりんはすぐさま首を振る。あの陰気な下男は鬢に白いものが交じり、髷だって痩せている。歳若いおりんの目には、ただのお爺さんにしか見えなかった。

「うんと歳が離れていても、相手がお金持ちならともかく、下男じゃない。お師匠さんがなびく道理がないわ」

それでもあの下男は、かいがいしく市松師匠に尽くしている。主従とは、こういうものかと思わせるほどに。

もしかするとお師匠さんは、没落したお旗本の姫君なんじゃないかしら。だとすれば、下男は忠義に厚い家臣である。一家離散したのちも、二君に仕えずひたすらに姫君をお守り申し上げているのだ。

喉元の傷も、お家騒動のごたごたの際につけられたに違いないわ。

美しい、悲運の姫君。江戸の町人の言葉を喋っていても、どことなく優雅に聞こえるのはそのためだ。

おりんは己の想像に胸苦しくなり、みぞおちあたりをそっと撫でる。そして、そこにあるべきものがないことに気がついた。

「いけない。あたし、撥入れを置いてきてしまったわ」

三味線の撥は、懐紙入れのような名物裂の袋物に入れてある。金襴の兎模様が愛らしく、持ち運ぶ際は懐から少し覗かせるようにしていた。

「ひとっ走り行って、取ってくる。お種はここで待ってて」

「いけません、お嬢様」

「平気よ、すぐそこだもの」

お種はすばしっこさではおりんに勝てない。だから言い終わらぬうちに、さっと身を翻す。たとえ追いついたとしても、おりんが無事師匠の家に入ったと分かれば、出てくるまで外で待つだろう。

お師匠さんと、下男の仲を疑った罰だわ。少しくらい肝を冷やすといい。

我が身を囮に、おりんは邪気なく四谷大通りを駆けてゆく。

二

嫌だ嫌だ、蒸し暑いったらありゃしない。

歳若い弟子を見送ってから、市松は着物の衿を寛げる。喉元を隠すメリヤスの布が、じっとりと汗に濡れていた。

また、汗疹(あせも)ができちまうねぇ。

縁側に立ち、ささやかな庭を眺める。青々とした蔓が伸びはじめた一画は、下男がへちまを植えたのだろう。肌を潤すへちま水を、今年も作ってもらわねば。靴脱ぎ石に揃えられた下駄を履き、土の上に下りる。そろそろ梅雨入りも近かろう。涼しげに茂った下草が、素足にみずみずしい感触を残す。深い青に染まった紫陽花(あじさい)が、こんもりとまとまって咲いている。

まったく、あの紅屋の亭主ときたら。

弟子の一人の顔を、苦々しく思い出した。

五十がらみの、京紅を扱う店の主である。市松に懸想し言い寄る有象無象のうちの一人で、いつも最高級の紅を携えてやってくる。

高価な紅は笹紅(ささべに)といって、塗り重ねればなぜか玉虫色に輝くもの。植える土によって赤にも青にも染まる紫陽花と、どこか似ている。稽古にやって来た紅屋は庭の紫陽花を横目に、こんな当て擦りを言ったものだ。

「綺麗(きれい)だねぇ。けっきょく私は、どっちつかずのあやふやなものに心を奪われてしまう性質なんだろう」

なんだいそれは、アタシのことかい？

などと、喧嘩腰になってはいけない。金に糸目をつけぬ旦那衆は、大事な客だ。決してなびかずとも、気を逸らさぬ応答を心がけている。

「紅も紫陽花も、すぐに褪せてしまうもの。盛りを過ぎれば拭き取られ、あるいは花首をちょん切られて終わりでしょうに」

どうせあなたは、美しいひとときだけを楽しみたいのでしょう。と、言外に皮肉をにじませてやる。かえって興が乗ったらしい紅屋は、「なんのなんの」と片笑んだ。

「花が終われば、美味なる実ができましょうに」

品のない冗談に、市松はすかさず言い返す。

「あら、残念。この手まり紫陽花は、実のならぬ花なんですよ」

気の利いた問答をしてやれば、男はそれも恋の駆け引きと捉えて振られたことを気に病まない。げんに紅屋は「ああ、また袖にされちまった」と額をぺしりと叩いただけで、機嫌よく帰っていった。

　こんなふうに、男を手玉に取るのはいともたやすい。だが本音を言えば、面倒である。なにせ心の声が洩れないよう、きっちり蓋をしておかねばならない。

「なにが、どっちつかずのあやふやだ。てめぇに気のある素振りなんざ、一度だって見せやしないよ」

　心の蓋も、一人になれば弛みがち。周りに誰もいないのだから、まぁよかろう。その点、女の子の弟子はいい。よけいな駆け引きはいらないし、ちょっと微笑んでやれば喜んで言うことを聞いてくれる。

　可愛いもんだ。

　娘に音曲を習わせる程度には余裕のある家の子たちばかりだから、三味線で身を立てようという者は一人もいないだろうけど。良家に嫁してからも、音曲が日々の慰めになればよいと思う。

「市松様、湯の用意ができました」

　背後から声をかけられ、振り返る。陰鬱な面持ちをした下男が、縁側に控えていた。

　来る日も来る日もよくもまぁ、かいがいしく世話を焼くものだ。

半ば呆れながら、市松は懐かしい言葉遣いでねぎらってやった。

「ああ。おおきにやで、捨吉」

控えの間として使っている部屋に、大きな盥が二つ重ねて置かれている。まずはなにも入っていない、空の盥。その中に、一回り小さい湯を張った盥。行水を使ったときに湯が溢れて、畳を濡らさぬための工夫である。

世間一般の女のように、盥を庭に出して湯を使えれば楽なのだが。評判の師匠の裸を拝んでやろうと、塀越しに覗かれてはたまらない。庭に面した障子を隙間なく閉めてから、市松はするりと帯を解く。

下男の捨吉は、自らが寝起きする三畳の納戸に籠もったようだ。手拭いに糠袋、毛抜きに毛切石、それから着替えと、入り用な物はすべて整えられている。

縞の小袖を袖畳みにし、半襦袢、緋縮緬の蹴出しと次々に脱いでゆく。湯文字は腰に巻いたまま、右の爪先をそっと湯に浸けた。

湯加減はほどよくぬるい。たとえ真夏のように暑い日でも、市松は真水の冷たさが苦手だ。心の臓がキュッと縮み上がる、あの感覚が嫌なのだ。捨吉は、さすがによく心得ている。

ぬるま湯に腰まで浸かり、市松はふうと息をついた。本当は湯屋へ行って、たっぷりの湯に体を沈めたい。もうもうたる湯気にのぼせてみたい。このやりかたでは、夏はともかく冬は冷えるのだ。

けれどもそれは、叶わぬ夢。市松は忌々しいメリヤスの布を解き、汗ばんだ喉元を撫でる。指先に、硬く出っ張ったものが触れた。

庭からあどけない声が聞こえてきたのは、そのときだった。

「お師匠さん、ごめんください。あたし、忘れ物をしてしまって」

真水の比ではなく、心の臓がキュキュキュッと縮み上がった。この声は、さっき帰したばかりのおりんだ。忘れ物に気づいて、戻ってきたのか。

こんなところを見られるわけにいかない。市松は手拭いに手を伸ばしつつ、下男を呼んだ。

「捨吉、捨吉や」

彼が控える納戸からは、この部屋を通らないと出られない。呼んでもぐずぐずしているのは、市松の肌を見ていいものかと逡巡しているせいだろう。

「いいからお入り！」

焦（じ）れて叫ぶと納戸ではなく、縁側から応（いら）えがあった。

「あ、はい。では失礼いたします」

違う、お前に言ったんじゃない！

なんという食い違い。「お待ち」と叫ぶ前に、庭に面した障子が開く。そこに立っていたのは、やはりおりんだ。敏捷（はしこ）そうな目が市松の姿を捉え、これでもかというほど見開かれた。

市松は盥から身を乗り出し、手拭いを取ろうとする姿勢のまま固まっていた。柔らかな二つの膨（ふく）らみがない胸元に、おりんの眼差しが注がれている。

その視線がゆっくりと、市松の喉元にまで這い上がってくる。白く滑らかだが、喉仏のくっきり浮き出たそこへと。

「市松様」

納戸から捨吉が飛び出してくるも、時すでに遅し。

「この役立たず！」となじる市松の声が、虚しく響く。

あまりのことにおりんは悲鳴を上げることも叶わず、金魚のように口をぱくぱくと開け閉めするばかりだった。

壁に掛けられた弟子たちの名札を背に、姿勢を正し三味線を構える。

チャチャチャチャン、チャンチャンチャン——。

駄目だ。どうしたって、いつもの張りのある音が出ない。拍子は合っているはずなのに、鈍重な音色である。

しとしとと、絹糸のように降る雨のせいだろうか。いいや弾き手の心が音曲に打ち込めず、千々(ちぢ)に乱れているせいだ。

まさか、あんな小娘にばれちまうとはねぇ。

撥を置き、市松は深々とため息をつく。

ばれた相手が旦那衆のうちの一人なら、閨(ねや)に引き込み手練手管を弄(ろう)して骨抜きにしてしまってもよかった。だが小娘を口止めするやりかたなど、市松は知らない。捨吉に促されぼんやりとした足取りで帰ってゆくおりんの背を、なす術もなく見送るばかりであった。

彼女の撥入れは、まだこちらの手元にある。花兎金襴の袋物は、おりんの気に入りであったはず。

そんな大事なものを、一度ならず二度までも忘れて行った。よほど頭が真っ白になっていたのだろう。

呆然としているうちは、まだよいが。

正気に返ったとたん、彼女は周りに言いふらすだろう。あそこのお師匠さんは、世間を欺いているのだと。

やれやれ。せっかく稽古屋がうまくいってるっていうのに。

人の口に戸は立てられぬ。噂の広まる速さは瓢印の駕籠舁きよりも速かろう。

さて次は、どの町に行ったものか。

この四谷忍町まで、神田や日本橋から通ってくるもの好きな旦那もいる。顔見知りを避けるためには、いっそ品川あたりへ身を隠したほうがいいかもしれぬ。

しょうがない、また一からだ。

市松は噂を聞きつけた弟子たちが、「どういうことだい」と押し寄せてくるのを今か今かと待っている。一度疑われてしまったら、もはやごまかしなどきかぬ。その首のめりやすを取ってみろと詰め寄られたら、油断した隙を突いて胸乳に手を伸ばされたら、正体は容易く露見する。

でもちょっと、遅いようだね。

おりんに行水を見られてから、ちょうど丸一日が経った。稽古に来た陣笠問屋の旦那も近所の八百屋の亭主も、おりんとは同じ年頃の菓子屋の娘だって、常と変わったところは見せなかった。

夜半過ぎから降りだした雨のせいで、噂の伝播が遅れているのか。今日は無事でも明日明後日には、町の人たちから後ろ指をさされることになる。

その前に、荷物をまとめておこうかね。

おりんはもう、この稽古屋には来ないだろう。市松は花兎金襴の撥入れを手に取り、下男を呼んだ。

「捨吉、悪いがちょいと瓢屋まで行っておくれでないかい」

さほどの間を置かず、縁側の障子が開く。そこに控える捨吉に、撥入れを差し出した。

「これを、おりんに返しておいで」

不思議とあの小娘を、恨む気持ちは湧かなかった。こうなってしまったのは、ただの不運な巡り合わせだ。あの子が悪いわけじゃない。こんな秘密を知ってしまったら、人に言わずにおけやしないんだから。

捨吉は、部屋に入ってこようとしない。まさか市松に立って渡しにこいというわけではあるまいに。

「どうしたんだい」

尋ねても、返答もなく背後を振り返る。庭の向こうにある枝折戸が、ちょうど開いたところだった。

弟子たちは表からではなく、たいていそこから入ってくる。番傘を差した若い娘とお付きの女中が、滑らぬよう慎重に飛び石を踏んでいる。

「どうやら、あちらからお越しになったようですよ」

捨吉の声が聞こえたか、おりんがハッと面を上げた。

なんでまた、自らやって来るんだか。

撥入れを取り返したいのなら、使いの者を遣れば事足りる。もう二度と、この顔を見ることはあるまいと思っていたのに。

相変わらず、意志の強そうな面差しをしている。市松と目が合うと、娘は覚悟を決めたように頷いた。

三

番傘が、ぱたりぱたりと雨粒を弾く。

ツンツン、チン、の音である。

雨下駄が泥を撥ねぬよう気を配りつつ、おりんは先を急いでいた。

「まったく、同じ物を二度も忘れてくるなんて、どういった了簡です。しっかりしてくださいましよ、お嬢様」

雨の中を出かける羽目になったせいで、お種の小言が止まらない。家を出てからずっと、ぶつぶつ言いながらついてくる。

「どうせまたお師匠さんを見てぽーっとなって、なんのために引き返したか分からなくなっちまったんでしょう。こういうのをね、二度手間というんです」

傘で遮られているのをいいことに、おりんはそのすべてを聞き流していた。というよりも、まともに耳に入っていなかった。

頭の中では昨日見た光景が、何度も何度も繰り返されている。

「お入り」と言われて障子を開けてみたら、行水の最中だった市松師匠。その肢体の白さに一瞬見惚れ、すぐさまあることに気づいておりんは雷に打たれたように立ちつくした。

師匠の胸には、女にあるべき膨らみがなかった。体は薄いが、肩もどうやら骨張っている。

憧れの人の裸を見てしまったという焦りと、それはそれとしてなぜ胸乳がないのかという驚きが、混ざり合って視線を釘づけにしてしまう。もはや、見間違いでは済まされなかった。

おりんは傘の柄を持たぬほうの手で、己の胸元を撫でてみる。膨らみは、まだほとんど感じられない。そのへんの、男の子と変わらぬ胸である。

「ねぇ、胸が真っ平らな女の人って、いると思う？」

半身を捻って、問うてみた。お種が「なんです、藪から棒に」と眉根を寄せる。

「大きさなんて、人によるでしょう。裏のお婆さんなんてほら、まるで戸板のようじゃありませんか」

瓢屋の裏の長屋に住む老婆なら、おりんも知っている。恥じらいなどすでに忘れたか、暑い日には諸肌を脱いでそこらへんを歩き回っている。あの人の胸はたしかに肉がなく、あばらが浮いてごつごつしていた。

「あれは、歳を取って萎んだんでしょう。もっと若くて、子も産んでいないのに、つるつるぺったんなことってある？」

「だから、人によりますって。大丈夫ですよ、もう少ししたらお嬢様だってちゃんと膨らんできますから」

お種はおりんが発育の遅さに悩んでいると、勘違いをしたようだ。目を細め、見守るような、励ますような、温かな眼差しを送ってくる。

違うわよ、失礼しちゃう。

たしかに菓子屋のお杏ちゃんは、同じ歳でも大人のような胸乳をしているけれど――。

羨ましくないといえば、嘘になる。言い返すのも癪で、おりんは前に向き直った。

でもそうね。胸乳の大きさなんて、人による。うちのおっ母さんだって、小さいほうだもの。

だったらあの、喉仏の出っぱりは?

新たな疑問に、おりんは人知れず眉根を寄せた。

市松師匠の喉は噂に反し、滑らかで美しかった。

ならばなぜ、暑い日でもメリヤスの布を巻いていたのか。喉の中央の出っぱりを、隠すためではなかったか。

おりんは自分の首元に手をやった。指で押してみれば、軟骨のような出っぱりが感じられる。しかし見た目には分からぬ程度である。

女子の喉とは、そういうもの。並みの男より力持ちのお種だって、喉はつるりと滑らかだ。

まさか、まさかよ。

平坦な胸と、突出した喉仏。おりんが目にした事実から導き出される結論は、一つしかない。

けれども市松師匠は、おりんがこれまで出会ってきた中で一番の美女だ。だからよけいに混乱する。むしろ性別などを超えた、人ならざるものであったほうが納得できる。

「お嬢様、入らないんですか」

いつの間にか、師匠の家の前まで来ていた。

この中に入ってしまったら、否応なしに真実を突きつけられる。知りたくない気がする一方で、どうしようもなく好奇の虫が騒いでしまう。

耳を澄ましても、三味線の音は聞こえてこない。今日の稽古はもう終わったのだろう。

「ね、お種。待っていなくてもいいから、半刻ほどしたら迎えに来てくれない？」

後ろを見返り、片手拝みをする。そんなおりんを、お種は怪訝（けげん）な顔で見返した。

「撥入れを返してもらうだけじゃなかったんですか」

「相談があるのよ、三味線のことで」

おりんには、かねてから師匠に相談したいと思っていたことがあった。それはお種も承知である。ゆえに別段怪しみもせず、「分かりました」と引き下がってくれた。

「お嬢様が中に入るのを見届けたら、私はいったん瓢屋に戻りますよ。さ、参りましょう」

促され、簡素な造りの枝折戸を引く。濡れた石の上で雨下駄は滑りやすく、おりんは飛び石の上にゆっくりと足を下ろした。

「お越しになったようですよ」

男の低い声が聞こえ、顔を上げる。雨の吹き込む縁側に、下男が膝をついている。稽古場の障子は開いており、撥入れを手にした市松師匠の姿も窺えた。

そのかんばせは、雨に煙って香るよう。楊貴妃もかくやという美貌である。

ああ、なんて綺麗なのかしら。

懲りずに見惚れそうになり、おりんは慌てて手の甲をつねった。

危ない、危ない。これは気を引き締めてかからねば。

たとえ手の甲が青あざだらけになろうとも、本当のところを聞き出してみせる。

そう決意して、おりんはぐっと顎を引いた。

雨が降っていてくれて、よかった。

庇に降りかかる雨音を聞きながら、そう思う。

見台を挟んだ正面に、市松師匠が座っている。

なにから切りだせばいいものか。煎茶を運んできた下男が下がってからは、沈黙が続いていた。まったくの無音では、この重圧に耐えられない。こんなにも雨音をありがたいと感じることは、きっとこの先もないだろう。

市松師匠は整った顔をぴくりとも動かさず、おりんをじっと見つめていた。おりんも負けじと見つめ返す。それだけで、精一杯だった。

やがて師匠は吐息を一つ洩らし、撥入れを見台の上に置いた。

「これを取りに来たんだろ。受け取って、さっさとお帰り」

このままではいけない。体よく追い返されてしまう。

けれども他にどうすることもできず、おりんは見台のすぐ前までにじり寄った。

花のごときかんばせが、さらに近づく。喉元には今日も、黒いメリヤスの布が巻かれている。布越しには、喉仏の出っぱりは確かめられない。

それにしても、毛穴一つないつるりとした肌だ。歳若いおりんよりも、肌理が整っているくらい。これが女子でないことが、本当にあるのだろうか。

「なんだい、お前さん。アタシの口を吸いたいのかい？」

ハッと我に返れば、師匠の顔が鼻先にあった。よりよく見ようと、見台から身を乗り出していたのだ。

「すっ、すみません」

腰を引き、撥入れを懐に押し込む。このまま身を翻して、逃げ帰ってしまいたい。師匠が女子であろうがなかろうが、おりんの与り知らぬところ。そう割り切ってしまえばよい。

ところが師匠のほうはおりんの狼狽ぶりを見て、開き直ったようである。くすくすと、深紅に彩られた唇を引いて笑った。

「お前さんが気になっているのは、これだろう？」

そう言うと、おもむろにメリヤスの布を解きだした。

現れたのは、シミ一つない白い喉。だがその真ん中には、たしかに尖った出っぱりが窺える。

師匠が笑うと、出っぱりも一緒になってひくひく動く。間違いなく、それは体の一部だった。

「お師匠さんは――」

貼りつきそうなくらい、喉が渇いている。おりんは声を振り絞った。

「男の人、なの？」

頭の中で思い悩んでいるうちは、ずっと避けていた言葉だった。だってあまりにも、市松師匠と結びつかない。

おりんの知る男といえば父親と兄、それから瓢屋に勤める駕籠舁きたちだ。

まず父親は猪首（いくび）のずんぐりとした男で、達磨（だるま）様にそっくりである。その容貌は兄の祥一（しょういち）にも受け継がれ、おりんを含めた三姉妹は母親似でよかったとよく言われた。声も足音も大きくて、女の格好などさせた日には、見る者みな腹を抱えて笑い転げることだろう。

瓢印の駕籠舁きたちは、威勢よく見目の爽やかな若者を揃えているため、近隣の女たちの憧れの的ではある。だが傍で見ていると喧嘩っ早くてうるさくて、大飯は食うし足は臭い。ろくでもない生き物だと思っている。

その点市松師匠は優美でなよやかで艶めいていて、おりんの知る男とはまるっきり反対のところにいる。これが男だったなら、もはやなにを信じていいのか分からない。

おりんの混乱を見て取って、師匠はついに天を仰いで笑いだした。可笑（おか）しくてたまらないという様子で、着物の裾を少し割ってみせる。

「なんなら、腰巻きの中も見てみるかい？」

そんなもの、男の印がついていようがいまいが決まりが悪い。おりんは顔を赤くしてうつむいた。

「お前さんはわざわざ、アタシが男かどうか確かめに来たんだろう？」

どうしてそんな、人をなぶるような話しかたをするのだろう。たしかに好奇の虫を抑えきれずに来てしまったが、それだけではない気がする。

「なぜ、女の格好をしているの？」

問う声が震えた。そうだ、おりんは市松師匠の了簡が知りたかったのだ。

上目遣いに窺うと、師匠は不思議そうに首を傾げた。

「そうかい近ごろの子は、陰間を知らないんだねぇ」

おりんだって、言葉くらいは知っている。女の姿をして、男色を売る少年のことだ。まだ舞台に立てない歳若い役者であったり、陰間茶屋に身を置いていたりする。たとえば『東海道中膝栗毛』でも、喜多八は元陰間だ。しかし陰間を辞めた後までは、女の格好をしていなかった。

「無理もない。陰間茶屋も昔はずいぶんあったようだが、今じゃ湯島に四軒残るのみだ。そりゃあ馴染みがなかろうよ。天保のご改革からこっち、女の装いをさせるのもやめちまったしね」

ご改革があったのは、今から二十年ほども前のこと。もちろんおりんは生まれていない。湯島天神へお詣りに行っても、女装の少年を見かけないのはそのためだ。

「もっともアタシはご覧のとおり、並外れて美しかったもんだから、親方が惜しんじまってねぇ。陰間の華はやっぱり女装だと、アタシにだけ女の格好をさせたのさ」

自らを、美しいと言ってのける。余人であればひどい自惚れと映ろうものを、市松師匠ならばさもありなんと思わせる。その頬が酷薄そうに歪む様も、背筋が痺れるほど凄艶だった。

「十で売られ十一から客を取り、十五で落籍された。それからはさる大店のご隠居の囲い者。なに不自由のない暮らしだったが、旦那がおっ死んじまったんでね。おん出されて三味線で身を立ててるって寸法さ」

師匠は己の身の上をせせら笑う。それから投げやりに問うてきた。

「さぁこれで、知りたいことは知れたろう。満足かい？」

その語り口と内容に、おりんは圧倒されていた。

市松師匠は旗本の姫君なんかじゃなかった。体を売り、ずっと歳の離れた隠居の爺さんの慰みものになってきた。

おりんの理想が、ガラガラと音を立てて崩れてゆく。師匠ではなく、己の見る目のなさに呆れ返る。いいや、自分だけでなく世間もひっくるめて騙されているのだから、それだけ師匠の美貌が抜きん出ているのだ。

しかし満足かと問われると、胸の内に反発を感じた。

師匠はわざと、おりんを傷つけようとしている。陰間だの囲い者だの、十三の生娘が嫌いそうな言葉をあえて並べている。

これだけ言えば、あたしが泣いて逃げ帰るとでも思っているんだわ。

なんとも安く見られたもの。生来の負けん気の強さが顔を出し、おりんは眼差しを強くして師匠を睨んだ。

「それは、なぜ『今も』女の格好をしているのかという問いの、答えになっていないと思うの」

話は終わったとばかりに団扇を引き寄せ、顔を煽ぎだした市松師匠が、はたと手を止めた。

小娘と侮っていたおりんに、まさか言い返されるとは思っていなかったようだ。いつも余裕ありげに細められている目が、大きく見開かれている。

正体が知れたところで、師匠の美しさに変わりはない。これまで見せたことのない表情に、おりんの胸は妖しく騒ぐ。

もっと深く、暴いてやりたい。

それは「知りたい」と思うよりも、ずっと荒々しい欲望だった。幼い子供が命のありかたに興味をそそられ、蝶の翅をむしるようなもの。女よりも美しい男という異形の存在に、心を摑まれてしまった。

そうよ、弱みを握っているのは、こっちなんだもの。

ならば今は、おりんのほうが立場は上だ。適当にあしらわれてなるものか。

気持ちが昂ぶり、鼻息が荒くなる。そんなおりんを前にして、師匠はやれやれと肩をすくめた。

「これだから、利口な子供は厄介だ」

四

そうかい、このくらいじゃ引き下がっちゃくれないかい。

乱れた胸の内を落ち着かせるために、市松は煙草盆を引き寄せる。

はじめての稽古のときから、おりんのことは利発な子だと思っていた。喋りかたが明瞭で、受け答えに無駄がない。市松を見るともじもじしてしまうが、べつに内気なわけではなく、言うべきことははっきりと口にした。

瓢屋の娘として大事にされ、まっすぐしなやかに育ったことがよく分かる。おりんは明るくて、陰に籠もったところがない。今も怯むことなく、こちらをひたむきに見つめてくる。

アタシにゃ、眩しすぎるんだよねぇ。

懐から取り出した煙管に、刻みを詰める。お前は煙草を吸う姿だけでも一両取れると、持ち上げてきたのは誰だっけ。市松につけられるのは上客ばかりで一ト切いくらの客はこなかったから、どこぞの大旦那か坊主だったのだろうけど。

もう、思い出せもしねぇ。

吐息と共に、煙を吐き出す。ずいぶん金を使わせたのに、薄情なもんだ。親が死なななきゃ、アタシだってね――。

おりんの眼差しにさらされていると、そんな埒もない考えが湧いてくる。煙草の煙がしばしの目くらましになってくれるのが、せめてもの救いだった。

「もしかして、まだ陰間を辞めていないの？」

煙の切れ間から、おりんが問いを重ねてくる。市松がのんびり煙管を使いだしたものだから、文字通り煙に巻かれるのではないかと焦ったのだ。

利口だが、まだどうしようもなく若いんだねぇ。

心に余裕を取り戻し、市松はうふふと笑う。笑われたおりんは不服そうである。

「アタシをいくつだと思ってんだい。もう二十五だよ」

陰間の春は、十六と言われている。

十一より四までが花のつぼみ、十五より八が盛りの花、十九より二十二までを散る花と定めるべき。

市松のいた店では、二十歳を超えた陰間はいなかった。成長と共に瑞々しい少年は、ごつごつとした大人の男へと変貌してゆく。十九を過ぎれば男の客はつきづらく、女客の相手に回されるのが常だった。

いずれ自分も歳を取るのに、若い陰間は女と寝る同輩を笑ったものだ。幸いにも市松は花の盛りに落籍されて、惨めな思いをせずにすんだ。

「ならもう、男に戻っていいんじゃないの?」

おりんはなおも、市松の秘密に踏み込んでくる。

よかろう、どうせ夜逃げ同然にこの町を出てゆくのだ。洗いざらい喋ってやる。

「戻ってどうするのさ」

市松は朱塗りの羅宇（ラウ）が傷つかぬよう、指を添えて煙草盆に吸い殻を落とす。金蒔絵の施された女物の煙管は、前の旦那が見繕ってくれたものだ。

「十からずっと、女のなりをして生きてきたってのに。男になっちゃ、身を立てる術がないじゃないか」

深川の妾宅で旦那に囲われている間も、市松はずっと女だった。

女装が似合わなくなればさすがにやめさせるつもりだったようだが、二十歳を過ぎてもなお小柄で、髭（ひげ）もろくすっぽ生えてこない。脛（すね）の毛も薄くたまに毛抜きで抜けば充分で、「お前は天来の陰間だね」と、大いに喜ばれたものである。

「そんなわけないわ。働き盛りの若い男の人なら、口入れ屋に行けばいくらでも仕事はあるし――」

「馬鹿を言っちゃいけない。こちとら三味線より重たいものを持ったことがないんだ。閨事以外に身につけた技もない。そんな野郎にいったい、どんな仕事が務まるってんだい」

「ご覧よ」と、右の袖をまくって見せてやる。我ながら、なまっちろい腕である。目の覚めるような白さに、おりんが息を呑むのが分かった。

「男のように筋張らぬよう、注意を払ってきた腕がこれさ。お前さんを抱き上げたら、きっとすっ転んじまうだろうね。男に交じって働いたところで、使えねぇ陰間上がりと馬鹿にされるのがオチさ」

手に職がない男にあてがわれるのは、棒手振(ぼてふり)などの力仕事だ。人に嘲られながら、今さら土埃(つちぼこり)にまみれて働くなどとても耐えられない。

「お前さんが言っているのはね、籠の中で育った鳥に、大空へ羽ばたけと放つようなもんさ。たしかに羽はあるけれど、そんなに高く飛んだこともない。餌の取りかただって知らない。つまりね、ぼろぼろになって死ねってことだよ」

言い募るうちに気が高ぶって、目頭が熱くなってくる。

市松だって旦那が長患いの末に死んだとき、やっと自由になれると思った。ためしに男の着物を着てみたことだってある。だがどうしても膝が内に入り、なよなよとした所作（しょさ）になってしまう。下帯を締めても落ち着かず、股ぐらが蒸れるのも不快だった。

もはや、男には戻れない。女の姿で生き抜くしかないと決めたとき、市松には辛うじて三味線があった。

上客の相手をするならばと陰間のうちから仕込まれて、落籍されてからも修練を積んできた。音曲の女師匠ならばこの容貌と相俟（あいま）って、評判になるに違いなかった。たとえ手一つ握らせずとも、男を蕩（とろ）かす術ならある。看板を掲げれば物見高い連中が集まってきて、たちまち噂になるだろう。自分一人を養うくらいなら、充分稼げそうに思えた。

そしてほぼ、目論見（もくろみ）通りになっていたのだが。

「ああ、油断した。まったく、とんだしくじりだ」

今度は腹の底が波打って、笑いが込み上げてきた。どうも情緒が定まらない。

おりんは口をつぐみ、そんな市松をじっと見ている。

「まぁいいさ、次の土地ではもうちょっとうまくやるよ」

「えっ！」

ひたむきな目が、まん丸になった。おりんが再び身を乗り出してくる。

「お師匠さん、余所（よそ）に行っちゃうの？」

なにを今さら。誰のせいだと思っているのだか。

「そりゃあね、ここにゃもういられないだろう」

「どうして？」

「どうしてって――」

おりんときたら、心底不思議そうにしている。小作りに整った顔を間近に見て、市松は眉を寄せた。

「もしかして、言いふらしちゃいないのかい？」

尋ねると、おりんは心外だと言いたげに頰を膨らませた。

「あたりまえでしょう。あたしはお喋りなほうかもしれないけれど、言っていいこと悪いことの区別くらいはつきます」

「誰にも？　親きょうだいや、いつもくっついてくる女中にも？」

「お師匠さんこそ、あたしをなんだと思ってるの」

こんな事態は、考えに入れていなかった。この年頃の女の子が――いいや、老若男女は関係ない。人の口に戸は立てられぬが世の習い。美人師匠が実は男だったなんていう面白い話を、黙っていられるとは思わなかった。

驚いた。本当に、育ちがいいんだねぇ。

だがそれも、いつまで我慢できるだろうか。親に三味線の稽古をやめたいと言えば、そのわけを聞かれるはず。この素直な子は、嘘がうまくなさそうだ。

「いなくなられちゃ困るわ。あたし、三味線を習いはじめたばかりなのに」

「なんだって。まだ通ってくる気かい？」

「もちろん。もっとずっと、うまくなりたいもの」

さっきから、おりんは思いがけぬことばかり言う。市松は震える手で額を押さえた。

「このあたりには、他にもお師匠さんがいるだろう」

「いるわ。だからあたし、前もってそれぞれの塀越し、壁越しに聴きに行ったの。お師匠さんの三味線が、一番好きだった。この人だって決めたの」

おりんの口調に、熱がこもりだす。見台に手をついて、さらに顔を近づけてきた。

「いやお前さん、さっきまでの話を聞いてたろ？」

「ええ、よく分かった。ううん、本当はちょっぴり分からないこともある。だけど、それとこれとは別の話。あたし、三味線で身を立てたいの」

おりんが近づいてきたぶん身を引いて、市松は皮肉に笑った。

「なにをお言いだい。瓢屋のお嬢さんが」

家柄も気立てもよく、顔立ちだって愛らしい。年頃になればこの子には、降るように縁談が舞い込むだろう。しかるべき家のご新造(しんぞ)に収まれば幸せなものを、なぜ日陰の道を歩もうとするのか。

鼻先に、おりんの瞳が揺れている。下睫毛(したまつげ)がうっすらと涙に濡れていた。

「あたしが三味線を習いだしたのも、みんな花嫁修業だと思ってる。お茶もお花も踊りも、若い娘の習い事はすべてがよい縁談のため。それこそが女の幸せと教えられる。でもね、こないだ上の姉さんが、嫁ぎ先から帰されてきたのよ」

おりんはたしか、三姉妹の末である。間に兄もいると聞いたことがあるから、一番上なら二十歳を越しているかもしれない。

「おまさ姉さんは、どこに出しても恥ずかしくないと評判の娘だった。優しくって気が利いて、西川（にしかわ）流の名取りだし。踊りの会で浅草の紙問屋に見初められて、きっと幸せになると思ってた。でも子ができないからって、離縁されたのよ」

女の身にも、理不尽はある。ひょっとすると男よりも多かろう。おりんは目の縁を赤くして怒っていた。

「それって、姉さんだけが悪いの？　親の言うことをよく聞いて、ろくに知りもしない相手に嫁いだ挙げ句がこれ？　あたしはそんなのまっぴら。嫁に行った先で幸不幸を左右されたくない。だから、自分で身を立てたいの」

おりんの親は、そんな我儘（わがまま）を許すはずがない。その程度のことは、きっと彼女にだって分かっている。それでも運命に抗うのだと、強い眼差しが訴えていた。

さっと後ろに飛びすさり、おりんが頭を下げてくる。

「お願いします、お師匠さん。余所へ行くなんて言わないで、これからも三味線を教えてください」

　市松は、勢いに呑まれていた。利口な子だと思っていたが、さにあらず。これはとんだ大馬鹿者だ。

「だけどお前さん、アタシは男だよ」

「はい、先ほど伺いました」

「気味が悪くないのかい？」

「えっ！」

　おりんが弾かれたように顔を上げる。答えを聞かなくても、そんなことは考えてもみなかったと伝わった。

「そりゃあ、吃驚(びっくり)はしたけれど――」

　表情の豊かな子だ。おりんは急に娘らしく、もじもじしはじめる。

　その様子が、懐かしい面影と重なった。

　ああ久し振りに、子供のころを思い出しちまった。

　市松はふふっと唇の先で笑う。おりんのことを、少しくらいは信用してもいいという気になっていた。

　いつかは人に喋っちまうかもしれないが、家移りはまたそのときにあらためて考えりゃいい。

まったく、疲れちまったよ。

深々と息をつき、市松は放り出してあったメリヤスの布を手に取った。汗でしっとりしたそれを、首に巻き直す。いつもは解けぬよう端を糊で留めるのだが、ひとまずは巻き終わりにたくし込んだ。

そうしてから、なにごともなかったかのように居住まいを正す。

「次の稽古は、いつだった？」

尋ねると、おりんの顔がぱっと輝いた。

「七日後。いいえ、六日後です！」

「ならしっかりと、おさらいをしておいで」

「はい。ありがとうございます」

おりんがぺこりと頭を下げる。勢いがよすぎて、畳で額をこすったようである。

「まったく、おかしな子だよ」

胸の内で思っただけのつもりが、声に出ていた。

えへへと照れたように笑うおりんは、やっぱりあの子によく似ていた。

東の空に虹が出ている。

茜色に染まった雲を背に、見事な橋が架かっていた。

しっとりと濡れた縁側は冷たくて、裸足の裏に心地よい。迎えに来た女中と共に帰ってゆくおりんを見送って、市松はそのままそこに佇んでいた。

「雨が止みましたね」

控えの間と稽古場を遮る襖が開き、捨吉がのそりと顔を出す。手つかずのまま冷めてしまった茶を下げに来たらしい。

「ずっと、隣で耳を澄ましてたのかい」

「ええ。いざというときは、しかるべき処置をと思いまして」

「なにをするつもりだったんだい」

「さぁ」

人の口に戸が立てられぬなら、喋れぬようにすればよい。手段ならばいくつかある。市松のためならこの男は、最も血なまぐさい選択をすることだろう。

「穏やかじゃないねぇ」

おりんが軽はずみな子じゃなくてよかった。いざとなれば、捨吉を刺してでも止めてみせるけれど。

「よかったんですか、すんなり帰しちまって」

捨吉は、おりんが本当に黙っていられるのかと危ぶんでいる。脅しを利かせておいたほうがよかったのではと聞いてきた。

胸の前で腕を組み、市松は柱にもたれかかる。

「そうやねぇ」という呟(つぶや)きは、我知らず上方訛(なま)りになっていた。

江戸の陰間の多くは、京坂の産である。江戸っ子は気性が荒く言葉遣いも粗野なのに対し、「下り子」は言葉も所作もはんなりとして美しい。町を歩けばそのへんにいそうな少年に、高い金を払いたがる客はいないのだ。

ご多分に洩れず、市松も京の出であった。

ふた親に死なれ、いい値がつきそうだと親類に売られたのが十のとき。東海道を延々と歩かされ、たどり着いた先は湯島天神の鳥居脇にある陰間茶屋。そのころにはもう市松は、己の身に起こったことを理解していた。

かつては八坂神社の氏子だった父に連れられて、祇園(ぎおん)界隈をよく歩いたものだ。

あのあたりにも陰間はいた。煌びやかな振袖を着てしゃなりしゃなりと歩く姿を横目に、父親は市松の耳に口を寄せて囁いたものだ。

「見てみぃ。あれ、男の子やで」

男の身でありながら、女のように春をひさぐ者。父親の口振りには、侮蔑が含まれていたように思う。

己もそんな、浅ましい存在になり果てるのだ。

涙が止まらなくなったのは、喜び勇んだ親方に女の格好をさせられてからだった。

近年の陰間は女装をしないと知って、ほっとしたのもつかの間。こんな逸材を飾り立てずにおられるかとさっそく髪結いが呼ばれ、友禅の振袖を着せられた。金糸銀糸を織り込んだ幅広の帯は、鳩尾を圧して苦しかった。

鏡を覗き込むとその向こうには、祇園で見かけたのとそっくりの陰間がいた。

人の目を盗み、市松は店を飛び出した。そうしたところで周りは見慣れぬ江戸の町。折しも十一月とて湯島天神の境内は、七五三詣での親子で賑わっていた。

市松と同じようにはじめて幅広の帯を締めた良家の娘が、晴れやかな顔をして出入りの鳶の肩に担がれてゆく。己の泣きっ面との差になおいっそう打ちのめされて、市松は木陰に身を隠した。

あれは、七つになった娘たちだ。周りを囲む親や祖父母、お付きの女中と思しきも、皆まなじりを下げて笑っていた。子の健やかな成長を喜ぶ朗らかな気配に、あたり一面が包まれていた。

うちとは、大違いや。

幅広の帯を締めたところで、なにもめでたいことはない。明日からは、辛い勤めが待っている。客にはまだつかないが、仕込みが始まるのだと聞いていた。

嫌やわ、お股がすうすうする。

下帯を取り上げられ、体の中心が心許ない。膝をきっちり合わせていないと、裾が割れて見えてしまいそうだ。そうならぬよう振る舞うだけで、自然と女らしい所作になってしまうのが情けなく、市松はいっそうさめざめと泣いた。

「ねぇあなた、どうしたの？」

声をかけられるまで、近くに人がいることに気づかなかった。息を呑んで顔を上げると、地味な顔立ちの女の子がすぐ脇に立っていた。

その子はひと目で七五三詣でと分かる、晴れ着を身にまとっていた。七つの女の子は腰上げをしていない着物を長いまま着て、父親や出入りの鳶に担がれてゆくのが常という。だが少女は一人、右手でうんと褄を取って佇んでいた。

揚げ帽子からはみ出るほどの、こんもりとした花簪。友禅の着物には四季の花々が描かれており、帯は宝尽くしだ。大きな雪だるまのような枠の中に、宝珠や小槌や宝鑰といった、お馴染みの宝物がちりばめられていたのを覚えている。

少女はためらいもせず、市松の隣に腰を下ろした。尻に敷かれた下草の、汁が染み込むかもしれぬというのに。そんなことはまったく意に介していないようだった。

小さな手が伸びてきて、市松の頬に残る涙をぐいと拭う。そうして「分かるわ」と、わけ知り顔に頷いた。

「朝早くから支度をさせられて、頭も着物も帯も重くてうんざり。あたし町内じゃ一番足が速かったのに、こんな帯じゃすぐ鬼に捕まっちゃうわ。泣きたくなるのも道理というものよ」

大人しそうな顔に似合わず、少女はやけにはきはきと喋った。

良家の娘だろうに、とんだお転婆だ。親たちの隙を突き、お詣りを抜けてきたようだった。

そのつぶらな瞳が、市松を正面に見て大きく見開かれた。

「やだあなた、とっても可愛らしい顔立ちをしているのね。鈴木春信の描く女の子みたい」

江戸に出てきたばかりの市松は、鈴木春信の錦絵を見たことがなかった。だが女の子と言われたことで、頭がカッと熱くなった。

「どこがや、よう見てみぃ。こんな月代を剃っとる女子がおるかいな」

勢いよく、少女の手を振り払う。市松の頭は高島田に結われていたが、若衆髷の名残で頭頂部にのみ月代があった。その上を前髪で覆ってはいるものの、青々とした地肌が覗いているはずであった。

「あらあなた、上方の出なのね」

「なんや、話を聞かん子やな。うちは男や」

はっきりと、そう言い切った。どこかずれたところがあるこの子だって、さすがに驚いて逃げ出すだろうと考えた。

だが少女は、つまらなさそうに首をすくめただけだった。

「それがなによ」

「なにって――」

「女の格好をした男なんて、猿若町に行けばいっぱいいるじゃない。なんにも珍しいことはないわ」

　市松はまだ、その町に江戸三座の芝居小屋が置かれていることを知らなかった。だが祇園にも北座と南座があるように、芝居町なのだろうとは見当がついた。

「せやけど、気色悪いやろ」

「どうして。うちのおっ母さんなんて、若いころは岩井半四郎に熱を上げていたらしいわ。あんな美しい女は、女のうちにもいやしないって言ってた」

　岩井半四郎は、眼千両とも称されたほどの名女形。千両に値するほどの美しい目の持ち主であったという。もちろんのこと、市松はまだ知らなかったのだが。

「あなたが男の子だってことくらい、顔をとっくり見たときに気づいたわ。そしてとても可愛らしいと思った。あなたならきっと、女のうちにもいやしない美しい女になれるわよ」

　少女は市松のことを、役者の卵かなにかと勘違いしたのだろう。両手を握り込み、「大丈夫」と励ましてきた。

なんやの、このけったいな子は。

市松は、呆気に取られてされるがままになっていた。

「お嬢様。どちらですか、お嬢様ぁ」

泣きべそをかいているかのような、女の声が近づいてくる。

市松はハッと正気づき、するりと手を引っ込めた。

「あの人、捜してはるんやないの？」

「そうね、もう行かなきゃ」

少女は声のするほうを振り返り、立ち上がる。去り際にもう一度市松に向き直り、急にもじもじしはじめた。

「あの、ごめんなさいね。あたしったら、はじめて会った子にぺらぺらと。おっ母さんにはいつも、もっと淑やかにしなさいと叱られるの」

去り際になって自分の行いが「淑やか」でなかったことに思い至り、恥ずかしくなったようだった。

ませてはいても、しょせんは七つの女の子。さっきまでの威勢のよさとの差に、市松は笑いだしていた。

「んもう、笑わないで」

片頬を膨らませ、少女はぷりぷりと怒りだす。表情の豊かな子だ。名残惜しさを振り払い、市松はひらひらと手を振った。

「早よ行き。また叱られるで」

「うん、じゃあね！」

互いに名乗り合うこともせず、少女は身を翻して走りだす。着物の裾を捌くのが大変なのだろう。とても町一番の俊足とは思えない、もたもたとした走りかたであった。

あんなにも、心根の気持ちいい子やのに——。

それでも思うままには生きられぬ。人は皆、嵌められた枷を扱いあぐねてあがく生き物なのかもしれない。

「帰りますよ、月弥さん」

いつから様子を窺っていたのか、傍らに陰気な顔をした男が佇んでいた。市松の仕込みを任された、「まわし」という店の者。名はたしか、捨吉といった。

そして月弥というのが、市松の新たな名だ。月のように美しく、隅々まで照らすようにと名づけられた。ずいぶん期待されたものである。

うちの枷は、人よりちょっとばかし重いかもしれへんけども。

女のうちにもいやしない美しい女。あの子が言ったような化け物に、なってみせようやないかと腹が決まった。

市松は目尻に残る涙を払い、捨吉にそっと流し目をくれてやる。

「あい、すんまへん」

眼差しを受け止めた捨吉の、表情は変わらなかった。だが微かに動いた喉仏を、市松は決して見逃さなかった。


懐かしい記憶を頭の中に巡らせて、ふふっと笑う。

あの名も知らぬ女の子との出会いがあればこそ、市松は「月弥」として燦然と輝けたのかもしれない。陰間の位などとうの昔に絶えていたが、市松は高位の太夫を名乗り、仕舞（一日買い切り）ならば三両の金を取った。それほどの高値でも、「月弥」を求める客はいくらでもいた。

おりんの心根の清々しさは、あのときの少女に似ているのだ。

彼女もまさに己につけられた枷が気にくわず、もがいている最中である。「嫁に行った先で幸不幸を左右されたくない」と言ったときの力強い眼差しを、市松は好もしいと思っていた。

「どうなすったんです」

市松が落籍されると同時に店を辞め、下男としてついてきた男が首を傾げる。相変わらず、なにを考えているか分からない陰気な野郎だ。捨吉は、市松から決して離れてゆかない。己の犯した過ちを、生涯かけて償うために。

人から押しつけられる枷もあれば、自らの手で嵌める枷もある。

アタシの枷は、もうどっちだか分からなくなっちまった。

柱に身を預けたまま、市松は形のよい頤（おとがい）を持ち上げる。鮮やかにきらめいていた虹は、儚（はかな）くも消えかけている。

「いえね、明日は晴れだと思ったのさ」

夕虹が出れば、翌日は晴れ。月よりずっと明るい太陽が、世の中を燦々と照らし出す。

お天道（てんと）様にゃ、敵わないよ。

名も知らぬあの子がこの空の下、今もどうか幸せに暮らしていますように。
そう祈りつつ、市松は天真爛漫な少女の面影を胸に仕舞った。

第二章　離縁の理由

一

ツィツィーと鳴きながら、雲雀が空に舞い上がってゆく。

澄み渡った晴天である。お天道様を目指しているかのように雲雀はまっすぐに飛んで行き、雲を突っ切って見えなくなった。

物干し台に立ち、その姿を見送るのは瓢屋の主、久兵衛である。四尺もある鳥籠を脇に置き、ぎょろりとした目を細めてなにかを待っている。

やがて遥かなる雲の向こうから、ピチュクチュクチュクという囀りだけが降ってきた。その典雅な声は途切れることなく、凛として響き渡る。

いわゆる雲雀の雲切りである。飼い鳥であれその鳴き声の神髄は、天に放ってはじめて現れるもの。ゆえにこうして籠から放ち、その技を楽しむのである。

雲雀飼いは久兵衛の、唯一の道楽であった。

鳴き声はなおも続く。優れた鳥であればあるほど、空中に留まる時は長いという。久兵衛の雲雀は四半刻ほども留まっていられると、近隣では評判を取っていた。

おりんは父の足元にしゃがみ込み、やはり空を見上げていた。梅雨に入る前に今年最後の雲切りをするというので、見に来たのだ。兄や姉たちは厭(あ)きてしまったようだが、体が空いているかぎりおりんは父につき合った。

「いい声だなぁ。今日はまた、一段と鳴きやがる」

同好の士に語りかけるように、久兵衛がこちらを見下ろしてくる。駕籠屋の主らしく威勢がよく、体も声も大きい男だ。四十も半ばというのに白髪(しらが)が一本もないというのが自慢で、そのぶん歳よりは若く見えた。

「お父(とっ)つぁんになにかあったら、この雲雀はお前に譲ってやるからな」

近いうちにどうにかなるつもりもないのに、遺言めいたことを口走るのもいつものこと。家族の中でただ一人おりんだけが、己に似て雲雀好きなのだと思っている。

雲雀はたしかに可愛い。おりんに懐いて餌をねだる様も、鶏冠(とさか)のように頭の毛を逆立てて喜びを表す様子も、いつまでだって見ていられる。

だけどおりんが父の道楽につき合うのは、そのためだけではなかった。

今日こそ、戻ってこなきゃいいのに。

そう願いながら、雲雀が姿を消した雲の一点を睨んでいる。

人に飼われている雲雀はこうして空へと解き放たれても、気が済むまで囀った後には元の籠へと帰ってくる。なぜそんな芸当ができるのかと父に聞いてみれば、雲雀というのは空に向かって垂直に飛び、また垂直に降りてくる。ゆえに自然と元いた場所に戻れるのだという理屈であった。

とはいえ雲雀の中にも粗忽な者はいるようで、一町も二町も離れたところに降りてしまうことがあるという。だが久兵衛の雲雀は、今のところ戻りをしくじったことがない。

せっかく、空に放ってあげたっていうのに。

遮るもののない大空を飛び回るのは、さぞかし心地よいことだろう。その証拠に籠の中で囀るよりずっと、大らかな声が出ている。そもそも鳥は自由なもの。空に在るのが本来の姿である。

それなのに、窮屈な籠の中に自ら戻ってしまうのはなぜなのか。世話をしてもらった恩など忘れて、さっさと飛び去ってしまえばいいのにと思う。

手塩にかけた雲雀が戻らなければ、父は嘆き悲しむだろう。でもおりんは雲雀が自由になるときを見届けたくて、雲切りのたびに空を見上げているのだった。

雲雀はまだ鳴いている。近隣の者も気づいて窓を開けたり、通りに出たりしてその声を楽しんでいる。瓢屋の揚げ雲雀は、もはや四谷界隈の名物であった。

「お父つぁん」

背後から呼びかけてくる者がいる。振り返ると長姉のおまさが、部屋の中ほどに立っていた。

「岡田屋の、ご隠居さんがいらしています」

実の親子にもかかわらず、言葉遣いが窮屈そうだ。表情も、どことなく遠慮がちである。

「しまった、今日だったか」

出戻りの娘をいまだ扱いあぐねている久兵衛は、わざとらしく額を叩いた。そうやっておどけることで、場を明るくしようと努めているのは分かる。だがおまさ自身は周りに気遣われることを、苦痛に感じているらしかった。

「雲雀は、まだ当分戻らねぇな。りん、後を頼めるか」

「うん、任せて」

どのみち雲雀の行く末を、見守ろうと思っていたのだ。頷き返すと久兵衛は、「ヨッ」と掛け声を上げて物干し台を下りた。

物干し台は一階の瓦屋根の上に貼りついている。ゆえにいったん屋根に足を下ろしてから、二階の窓に滑り込む必要があった。

久兵衛が姿を消してからも、雲雀は変わらず鳴いている。そんなに高く舞い上がってしまったら、お天道様に羽を焼かれたりしないのだろうか。心配になるくらい、声は遥か高みから降ってくる。

「よく鳴いているわね。私もそっち、行っていい？」

久兵衛が吸い込まれていった窓から、おまさが顔を覗かせた。おりんが相手なら気もほぐれるようで、頬にうっすらと笑みを浮かべている。

「うん、気をつけて」

「なに言ってるの。昔はしょっちゅう飛び移ってたじゃない」

九つも歳が違うから、おりんが物心ついたころにはもう、おまさはいっぱしの娘になっていた。なにをやらせてもそつなくこなす、しっかり者。面倒見がよく、幼いおりんの遊び相手にもなってくれた。

「どっちかっていうと、飛び移ろうとするあたしを引き留めてた気がするけれど」

「あら、そうだったかしら」

おまさがひょいと、おりんの隣に移ってくる。着物の袖が短くなったぶん、昔より身動きはしやすそうだ。物干し台に立つと窮屈だった羽を伸ばすように、「うーん」と空に向かって胸を開いた。

そのまま飛んでいってしまうんじゃないかと不安になって、おりんはおまさの袖を引く。

「なぁに」と、おまさが笑顔で見下ろしてきた。

小作りだが、目鼻立ちの整った顔だ。娘時代より頰の肉が落ち、ほっそりしている。婚家でどういう扱いを受けていたのかと思うと、悲しくなった。

「あんまり伸びると、危ないから」

「平気よ。気持ちがいいから、あなたもやってごらんなさい」

勧められ、おりんも立ち上がって両腕をうんと伸ばしてみる。

おりんの袖は、普段着であってもおまさより長い。それは動作に合わせて重々しく揺れるだけで、とても風を切って飛べそうになかった。

雲雀はまだ戻ってこない。

梅雨入り前の芳(かんば)しい風に後れ毛を遊ばせながら、姉妹はじっと空を見上げる。もしかするとおまさも、雲雀が遠くへ飛んでいってしまうことを望んでいるのではなかろうか。首が痛くなってきたけれど、二人とも雲雀の声がするほうから目を離せなかった。

「岡田屋のご隠居ってさ、もしかして」

空を睨みながら、おりんは独り言のようにぽつりと尋ねる。

岡田屋とは、同じく四谷にある結納品問屋である。そこのご隠居が縁談を取り持つのがなによりの生き甲斐という人で、それによりまとまった夫婦は数知れず。また岡田屋で結納品を揃えてくれたら仲人料はいらぬというので、親たちからもありがたがられていた。

そんなご隠居が尋ねてきたということは、縁談を持ってきたか、その前の相談であろう。おりんはまだ十三。次女のおゆかも十五と、嫁入りにはまだ早い。となれば、おまさの再縁話かと思われた。

「さぁね」

自分でも分かっているはずなのに、おまさは横顔を見せたままとぼける。むしろ関心のなさそうな口振りだった。

その様子が、気にくわない。おまさは婚家から帰されて以来、一度も泣きも嘆きもしていない。代わりに母のお松が泣き、恨み辛みを口にしていたけれど、おまさはそれを聞きながらただ静かに座っていた。

「いくらなんでも、早すぎじゃない？」

どうしてもっと、怒らないのか。子ができなくとも養子をもらうなりなんなり、やりようはある。それなのに、ぜひにと望んだ嫁を突き返してくるとはなにごとか。おりんのほうが、よっぽど腹が煮えていた。

「いいのよ。お父つぁんも、よかれと思ってしてくれているんだから」

心からそう思っているのなら、そんな魂のこもらない声は出ないだろうに。できた娘だと褒めそやされてきたおまさの、聞き分けのよさがもどかしい。

再縁といっても子ができぬと言われて戻されたおまさに、いい話は望めない。おおかたすでに子のいる、うんと歳上の鰥夫だろう。嫁入りすることを片づくとは言うけれど、こんな片づけかたったってない。

「もうどこにも行かず、家にいればいいのに」

おりんが唇を尖らせて呟くと、おまさはようやくこちらを見た。なにか答える代わりに、にっこりと笑いかけてくる。「そんなわけにいかないわよ」と、その笑顔が物語っている。

出戻りの娘をいつまでも遊ばせておくのは、体面が悪い。嫁入り前のおゆかとおりんが後に控えているし、長男の祥一だっていずれは嫁を取る。そのときに自分の存在が邪魔になってはいけないと、おまさは考えているのだろう。

「なら家を出て、踊りの師匠になればいいわ。おまさ姉さんの踊りはとっても綺麗だもの」

勢い込んで顔を近づけると、おまさは今度は袖で口元を隠し、くすくすと笑った。

西川流の名取りとはいえ、師範でなければ弟子は取れない。そのくらいはおりんでも知っている。稚気溢れる思いつきに、おまさが呆れて笑ったのだということだって。

それでも踊りを習っていたころのおまさは、堂々として美しかった。あの踊りの才を、たんなる花嫁修業の一環だったと手放してしまうのは惜しくないのか。

また習いに行けばいいのにと思うけど、その金を出すのはけっきょく父だ。肩身が狭そうにしているおまさに、そんな我儘が言えるはずもなかった。

「あなたこそ、三味線はどうなの?」

話の矛先を逸らし、おまさが逆に問うてくる。

家族の中でこの姉にだけは、いずれ音曲の師匠として身を立てるつもりだと打ち明けてある。おまさは「いいわね」と応援してくれるけど、本気と思われてはいないのだろう。

「やっと、『明の鐘』が終わったところ」

踊りを長くやっていたおまさは、長唄や清元といった音曲にも造詣が深い。家で稽古をしていると、「今のはドンツンチリリンじゃなく、ドンチンチリリンよ」と誤りを正してくれる。

「そう、よかったわね」

「でもまだまだ。よければ今日も、稽古につき合ってくれる？」

「ええ、もちろんよ」

　師匠の音を耳だけで覚えなければいけないから、はじめのうちは覚え違いも多い。おまさが家にいることは、おりんにとっては心強かった。

　踊りと三味線で、二人一緒に家を出られたらいいのに。

　そんなことを、まだしつこく考える。どうすれば、姉はその気になってくれるだろう。

「あっ」と、おまさがふいに空を指差した。

　雲間に小さな点が現れ、みるみるうちに近づいてくる。ツィツィと鳴き声を上げながら、雲雀が戻ってきたのだ。

　ただの点が鳥の形になり、かと思えばもう物干し台の手すりに止まっている。思う存分に飛び回って満足したのか、促したわけでもないのにぴょんと飛び上がり、自ずと籠の中に入った。

　ああ、戻ってきちゃった。

残念に思うと共に、心のどこかでおりんはほっとしている。

人に長く飼われた鳥だ。籠から逃げ出したとしても、外でうまく餌が取れるとは思えない。羽を雨に濡らしたことすらない雲雀は、きっとすぐに死んでしまうだろう。

「疲れたでしょう。葡萄蔓虫（えびづる）をあげようね」

おりんは雲雀をねぎらってから、開け放しておいた籠の戸をそっと閉めた。

二

「ですからね、近ごろはなにかと物騒じゃありませんか」

稽古もそろそろ終わりというのに、紅屋は厭くことなく喋り続けている。

ついに梅雨入りしたらしく、三日前から降りはじめた雨は肌にこびりつくような湿気を連れてきた。紅屋の口吻（くちぶり）はそれよりさらにねちっこく、市松を辟易（へきえき）させる。

見台の上に申し訳程度に置かれた教本は、まるで用をなしていない。市松が弾く三味線に乗せて、紅屋は延々と世間話をしているのだ。

「水戸やら長州やらの浪士が、攘夷だなんだと騒いでおりますでしょう。わたしゃ、独り身の師匠が心配なんですよ」

これはまた、面妖な長唄もあったもの。三味線よりは簡単そうだからと唄方を選ぶ男の弟子は、みな似たようなものである。

「住み込みの下男もほら、腕っぷしは強くなさそうだし。私に任してくれりゃ、用心棒の一人や二人は寄越しますよ。ね、それが安心だ」

なにが安心なものか。その代わりに妾になれという話じゃないか。

馬鹿にしやがってと内心毒づきながら、市松は恥じらうように微笑む。女の一人住まいにつけ込まんとする性根は気にくわないが、脂ぎった紅屋の顔も小判が光っているのだと思えば我慢できる。

今日の小判は、よく喋ること。

さて大事な金づるには、そろそろお引き取りいただくとしよう。

「我が身を案じてくださって、嬉しいこと。でも浪士というのは、どのくらい怖いのかしら」

三味線を弾く手を止め、市松はわざとしなを作る。脈ありとでも思ったか、紅屋が身を乗り出してきた。

「そりゃあ怖いだろうさ。お前さんも聞いただろう。井伊大老は駕籠ごと滅多(めった)刺しにされたというよ」

昨年の、桜田騒動のことである。たいていのことには驚かぬ市松も、まさか江戸市中で大名行列が襲われるとは夢にも思わなかった。

八年前にペルリが黒船を率いて浦賀に現れてからというもの、不穏なことばかりが続く。亜米利加(アメリカ)相手に国を開いたのを機に同様の条約を諸外国とも結ばされ、攘夷の炎は一気に燃え上がった。また京におわす帝が大の異国嫌いらしく、それが攘夷思想の後ろ盾となっている。井伊大老が弑せられたのも、勅許なしに亜米利加と不平等な条約を結んだことと無縁ではあるまい。

「まぁ、怖い。でもそれは男の話。女は命を取られたりしないでしょう」

「なんのなんの、女は命の他に奪われるものがありますよ。それに異国人だって、師匠のような美しい女を前にすれば、なにをするか分かりゃしません」

そう言って、紅屋がこれ見よがしに顔をしかめる。

浪士と同じく、あるいはそれ以上に、江戸の庶民にとっては異国人も厄介な存在だった。近年物価が上昇し、暮らし向きが悪くなっているのは、外国との貿易のせいだと誰もが知っている。

その上日本にやって来た異国人たちは江戸府内で猟銃を持ち歩いたり、霊峰富士に登ってみたりと、専横ぶりが目立つのだ。人様の国を我が物顔に歩きやがってと、攘夷派に賛同するむきも少なくはない。

なにより泰平に慣れた江戸の大衆が嫌うのは、変化であった。

市松は、ころころと笑いだす。なにも可笑しいことなどなかったが、鈴のような声を朗らかに響かせた。

「あら怖い。紅屋さんとおんなじくらい怖いねぇ」

アタシの貞操を狙っているのは浪士でも異国人でもなく、あなたでしょう。という意を込めて、流し目をくれてやる。

紅屋はしばらくぽかんとして、ハッと息を呑んでから額を叩いた。

「おやこれは、また一本取られちまった」

返しがうまく決まったところで、縁側に面した障子がするりと開く。そこは雨が吹き込むだろうに、下男の捨吉がかしこまっている。

「失礼します。次のお弟子さんがお待ちです」

「そ、ありがと」

ちょうどいいところで声がかかった。どうせ障子の向こうから、呼吸を窺っていたのだろう。

「じゃ、紅屋さん。今日はここまで」

「はい、しっかり勉強させていただきました」

いったい、なにを勉強しに来ているんだか。

世間が騒がしくとも女の紅を扱う商家にこれだけの余裕があるのなら、江戸っ子はまだまだ暢気だ。

紅屋を見送るため、市松も濡れ縁に顔を出す。

天と地を繋ぐ雨に打たれ、紫陽花はいっそう深い青に染まっていた。

三味線は、湿気を嫌う楽器である。

糸も皮も湿気を吸うので音がこもりがちになるし、ひどい場合は皮が破れる。

それを気遣って遠慮がちに弾いているのかと思いきや、どうやら違う。心ここにあらずなのだ。

「おりん」

声を厳しくして、歳若い弟子の名を呼ぶ。おりんはびくりと身を震わせて、三味線を構えたまま顔を上げた。

先ほど捨吉が到着を知らせたのは、この子のことだ。これからも稽古を続けたいと言ってはいたが、約束の日に本当に来た。

見上げたものだ。おりんはなにごともなかったかのように「よろしくお願いします」と頭を下げて、正面に座った。そこまではよかったのだが。

「なんだいアンタ、三味線で身を立てるつもりじゃなかったのかい。気乗りがしないならやめちまいな」

しなびた干瓢を弾いているような音色は、聴くに堪えない。叶うかどうかはさておき、腕一本で生きてゆきたいというその心意気は買っていたのに。あれだけの見得を切っておいて次の稽古がこれでは、さっそく裏切られた気分になった。

「そんな。お師匠さん、すみません！」

おりんは顔を青くして、ぺこりと頭を下げる。破門にされたくはないようだ。

まぁね、この子はまだ十三だもの。

二十も半ばの市松より、子供の一日は濃密だ。はじめてのことに触れ、心揺さぶられる機会も多い。

もしかするとおりんには、新たな出会いがあったのかもしれない。たとえば嫁に行きたくないという思いが、ぶれるほどの相手との。

初恋かねぇ。

と、勘繰ってみる。恋の味を知って己の生きかたを曲げてしまうのは、なにも少女にかぎったことではない。

「もう一度、頭から弾いてごらん」

命じると、おりんは素直に弾き始めた。

先刻よりは、集中しなければという意気込みが感じられる。でもそれだけだ。繋ぎ止めようとする端から、おりんの心は乱れてゆく。

「おやめ。聴いていられないよ」

やれやれと、吐息が洩れた。冴えない音色に落胆し、市松は思いのほかおりんとの稽古を楽しみにしていた己に気がついた。

「なにがあったか知らないが、今日はもうお帰り」

勝手に期待をかけて、失望してりゃ世話はない。帰るようにと促す声が、なぜだか拗ねたように響いた。

ここで本当に帰るようなら、見込みはない。どう出るかと様子を窺っていると、おりんはもう一度「すみません」と頭を下げた。

「でもあの、これってどういう曲なの？」

妙な問いかけをされて、市松は眉根を寄せる。曲の解釈が分からなくて、気分が乗らなかったのだろうか。

「前に教えてやっただろう」

復習っていた曲は、長唄『黒髪』である。恋人に去られた女が、「ひとり寝る夜の仇枕」と恨み言を述べる情景が唄われている。

「アンタには、まだ分からないだろうけどね」

分からないなりに、見よう見まねで形を作る。年齢や経験は、後から追いついてくるものだ。

「お師匠さんのように、大人の女になれば分かるもの？」

「あのね、アタシは男だよ」

「あっ！」

そうだったと口元を押さえ、おりんは市松の首に巻かれた布を見遣る。まさか忘れていたのだろうか。

どんな間抜けだと、呆れて肩の力も抜ける。おりんは「違うの」と首を振った。

「こうして向かい合っていてもお師匠さんってば、女の中の女にしか見えないから。ついうっかりしちゃうの」

「ま、褒め言葉と受け取っとくよ」

市松は構えていた三味線をいったん床に置く。おりんの話は、まだ終わっていないようだった。

「でも市松師匠なら、恋の手練れでしょう。だからそんな、もの悲しい音色が出せるの？」

「手練れって、アンタね」

この娘は、人をなんだと思っているのか。遠慮のない問いかけに、ついうっかり笑ってしまった。

やっぱりおかしな子だ。どういう気の迷いなのか、市松はこれまで誰にも告げたことのない本当のことを、この娘に教えてやりたくなった。

「アタシはこのかた、身を焦がすような恋なんざ一度もしたことがないよ」

「ええっ！」

おりんはその場で飛び上がらんばかりに驚いている。表情がころころと変わるから、見ていて厭きない。思ったことがそのまんま顔に出て、この先苦労するのではと心配になるくらいだ。

「アタシの恋は売り物だったからね。いちいち誠を込めてちゃ、身がもたないのさ」

恋しいだの切ないだのと、口ではいくらでも言ってきた。時には目を潤ませて、相手に縋(すが)りつきもした。

けれども「主様だけ」と告げた舌の根も乾かぬうちに、他の男に抱かれる商売だ。心までいちいち捧げてはいられなかった。

「旦那だったっていう、ご隠居にも？」

「そうさねぇ」

首を傾げて、考えを巡らせてみる。あれは気難しい男だった。実の子すらも信用せず、市松だけを猫のように可愛がった。せめて人として扱って、早いうちに女をやめさせてくれたなら。一人になってからの生きかたを、少しは選べたかもしれないのに。

「ずいぶん金を使ってくれたからね。感謝はしているよ」

それ以上に恨んでもいるし、最期まで看取(みと)ってやった情もある。あの男への思いはひと言では言い表せない。そんな複雑な胸の内は、恋以上におりんにはまだ早い。

「一人寝が寂しいと、枕を濡らしたこともないの？」

「ないね。むしろ邪魔されることなく朝まで寝られて爽快さ」

「でも――」

おりんはしつこく食い下がってくる。

そろそろこの問答の、狙いを教えてほしいところだ。

「けっきょくお前さんは、なにが言いたいんだい」

反対に問いかけてやると、おりんはしばし言葉に詰まった。自分でも市松からどんな答えを引き出そうとしていたのか、分からなくなったようである。

頭の中で言いたいことを整理して、おりんはまっすぐな目を向けてきた。

「この曲を聴いて、涙を流す人の心持ちってどういうものかと思ったの」

男に捨てられた女の心情に、寄り添って泣く。少なくともそれは、十三やそこらの子供にできる芸当ではなかろう。

「誰が泣いたんだって？」と、尋ねてみる。

おりんは自分こそが泣きだしそうな顔をして、「おまさ姉さんよ」と呟いた。

三

四日前のことだった。稽古につき合ってくれるという約束どおり、おまさは三味線を構えたおりんの傍で繕い物をしはじめた。

とっくに単衣（ひとえ）の季節である。おまさは婚家で誂（あつら）えてもらった物はすべて置いてきたらしく、なけなしの着物を仕立て直して着ていた。その日も母親の古いお召の裏地を取り、自分の寸法に縫い直していたのだった。

目で針の動きを追っていても、耳は傾けられている。その証拠におりんが「弾くね」と合図を送ると、「ええ」と答えが返ってきた。

撥を握り直し、二の糸と三の糸を同時に弾く。調弦は三下がり。たどたどしい指使いで続きを弾いてゆく。糸を押さえるのに必死でおりんは気づいていなかったが、このときすでにおまさの手にした針は動きを止めていたようだ。

黒髪の　結ぼれたる思いには
解けて寝た夜の枕とて　ひとり寝る夜の仇枕

おりんが習ったのはここまで。もちろん唄はついていない。三味線を弾くのに手一杯で、師匠のように唄いながら弾くなんて芸当はとてもできそうにない。

いくつか音を間違えたはずなのに、おまさはなにも言ってこなかった。訝りつつもできるところまで弾き終えて、おりんは「どうだった？」と顔を上げる。

声をかけてから、後悔した。おまさは繕いかけの着物を抱きしめて、さめざめと泣いていたのだ。

「おまさ姉さん？」

気づかぬふりは、もうできない。呼びかけられたおまさは洟をすすり、「いやぁね」と取り繕うように笑った。

「『黒髪』ね。踊りの会で踊った曲だから、懐かしくってつい」

その会は、親に連れられておりんも見に行ったから覚えている。若い娘なんだから華やかな「藤娘」あたりを踊らせてもらいなさいよと母のお松は不服そうだったが、藤の花を背負って舞った女の子より、おまさのほうが所作が決まって美しかった。

晴れの舞台のために仕立てた古代紫の振袖は小作りなおまさの顔によく映えて、その袖を恋しい人に見立てて舞う様は胸に迫るものがあった。

人に誘われてたまたま踊りの会を見に来ていた紙問屋の若旦那が、ひと目で惚れるのも道理というもの。その後縁談がとんとん拍子に進んだから、おまさが舞台に立ったのはあれが最後となった。

「悲しいの？」

おりんには、おまさがどんな理由で泣いているのか分からなかった。

楽しかった娘時代を思い出したからなのか、元夫との出会いを偲(しの)んでか、それとも男に捨てられた我が身を儚む涙なのか。悲しいのかと尋ねても、おまさは「いいえ」と首を振った。ぽろぽろと涙を零しながらもどこか清々しい表情で、先刻と同じ言葉を繰り返した。

「ただ、懐かしいだけ」

「なるほどねぇ」

おりんが話し終えたと見ると、市松師匠はふうと息をついて足を崩した。

着物の裾からしどけなく覗く白い脛にどきりとして、ああそうだ、男の人だったんだと思い直す。真実を知ったところで師匠は変わらず美しいため、感情が追いついてこないのだ。

「おまさ姉さんは、どうして泣いたのかしら」

ここ数日、あの涙のわけが気にかかってしかたない。三味線の稽古をしようにもおまさの泣き顔が脳裏にちらついて、少しも集中できなかった。

市松師匠なら、男女の機微にも詳しいはず。そう考えて、思い切って尋ねてみたのだが。

「知らないよ」と、頼みの綱の師匠は蠅を追い払うように手を振った。

「アタシはお前さんの姉さんに、会ったこともないんだから」

知ったかぶりの憶測でものを言わないあたり、師匠は誠実なのかもしれない。人の心の動きは、みなそれぞれに違うのだ。

だからといって相手のことを知ろうとしないのは、あまりに寂しい。おりんはおまさの心に棘が刺さっているのならそれを抜いてやりたいと思うし、彼女の幸せを共に考えたい。

けれども自分はまだ十三歳で、慰めの言葉一つかけられないのがもどかしかった。

「そこをなんとか！」

「食い下がるねぇ。離縁されたばかりの女なら、ちょっとしたことで泣くのが普通だろう」

「違うの。姉さんは、うちに戻ってからはじめて泣いたの」

おりんだって、おまさが泣き暮らしていたならこのくらいのことでは悩まない。きっと思い出の曲なのだろうと、寄り添って肩を撫でてやれただろう。

だがおまさは泣かなかった。涙を堪えているわけでもなく、確固たる意志で泣くまいと決めているかのようだった。

そんなおまさが、涙を流したのだ。そこに深い意味があると考えてしまうのは、勘繰りすぎというものだろうか。

「そりゃあ一人のときは泣いていたかもしれないけれど、家族の前でははじめてだったの。だからよっぽど『黒髪』に、感じるところがあったのよ」

踊りの会のために、幾度となく耳にした曲だ。おりんのたどたどしい三味線でも、琴線に触れるには充分であったはず。

おまさの心を震わせたのは、曲調なのか、唄の文句なのか。恨み節に共鳴りしたにしては、あの涙は美しすぎた。

「お前さんの三味線の音色が、それだけ素晴らしかったってことなんじゃないのかい」

頬に手を当て、師匠はどこか投げやりにそう言った。

よくもまぁ、心にもないことを。おりんは「まさか」とむきになる。

「こんな下手な三味線で？　おまさ姉さんは耳が肥えているのよ」

その言葉を待っていた。とでもいうように、師匠は唇の片端を吊り上げた。

「そうだね、下手だね。はっきり言って、聴くに堪えないほどだ。そんな下手なお前さんが、ここに来てするべきことはなんだい。身の上相談かい？」

美しい唇から紡ぎ出される辛辣（しんらつ）な文句に、おりんは目を丸くする。

市松師匠の言うとおり、ここへは三味線を習いに来ている。真面目に稽古をしないなら、叱られるのも道理である。

だがどうも、今日の師匠ははじめから当たりがきつい。やめちまえだの帰れだの、これまでは一度だって言われたことがなかった。

「もうちょっと、優しくしてくれたっていいのに」

うっかり不満が口に出てしまった。小さな呟きを、師匠は決して聞き逃さない。

「なんだって？」

切れ長の目に睨まれて、おりんは「ヒッ！」と身を固くする。

師匠は己のこめかみに人差し指を突き立てて、ぐりぐりと揉みだした。

「おかしいねぇ。三味線で身を立てたい、これからも稽古をつけてくれと、頭まで下げて頼んだのは誰だっけね。もしやアタシの思い違いかしらね」

「思い違いでは、ありません」

「だろう？　ならば嫁入り前の手習いと、同じようには扱えないよ。一本立ちができるよう、しっかり鍛えてやるのが師の務めというものだろう。優しくしてもらいたいなんていう、甘い考えは捨てることさね」

激するでもなく、落ち着いた声音で諭される。もはや反論の余地もなかった。

師匠が厳しくなったのは、弟子としてのおりんの立場が変わったからだ。長く厳しい芸事の入り口に、自ら望んで立とうとしている。この先は、生半可な覚悟で進んではいけないのだ。

「さっきの紅屋とのやり取りを、お前さんも控えの間で聞いていたんだろう。あれを叱らずにいるのはね、あの人が長唄なんざちっとも上手（うま）くなる気がないからさ。お前さんは違うんだろう？」

「はい、違います」

正直なところ紅屋とのお喋りを聞いて、気が緩んでいた。あれほどの不真面目が許されるならと、稽古もそっちのけで会話に夢中になっていた。

あたしとあの人じゃ、ここにいる目的が違うのに。

自分の甘さが嫌になって、おりんは下唇を噛みしめる。視界がじわりと揺らいだが、泣くもんかと腹の底に力を込めた。

「それで、どうする。もう帰るかい？」

「いいえ、どうか稽古をつけてください」

撥を握り直し、頭を下げる。

師匠はそれ以上おりんを責めなかった。己の考え違いに気づけたならそれでよしと、自らも三味線を構え直す。

「じゃ、また頭から」

そう言って、二の糸と三の糸をチャンと鳴らした。

「ほら、また勘所を間違えた。ようく耳で覚えな。正しい音はこれさ」

市松師匠の言葉どおり、稽古は以前よりも厳しくなった。

三味線の糸は、押さえるべき勘所に印がついているわけではない。師匠の指がなぞる場所を見て音を聴き、だいたいこのあたりと見当をつける。

まだ始めて間もないおりんは、その勘所が度々狂った。ほんの僅かでも違う音が出ると、「よく聴きな」と止められる。

以前なら「ひとまずは、それでよござんす」と言ってくれたところも、おざなりにしない。ずいぶん大目に見られていたことが、よく分かった。

間違いを指摘されるばかりで、曲は先へと進まない。すでに習ったところを何度も繰り返し弾いていると、障子が音もなく開き、下男が陰気な顔を覗かせた。

「失礼します。お迎えです」

女中のお種が来たようだ。

「ああ、もうそんな頃合いかい」

市松師匠の眉間から、すっと険が抜け落ちる。面差しが、とたんに柔らかく優美になった。

「なら、今日はここまで」

「はい。どうもありがとうございました」

おりんは三味線を置き、畳に手をつく。撥を放してみると、右手の指の間が痛かった。

でもまだだ。家に帰ったら忘れないうちに、お淩(さら)いをしておかないと。次の稽古でもできていなかったら、師匠をがっかりさせてしまう。

厳しい口調は怖いけど、市松師匠の真摯な姿勢が嬉しくもあった。いずれは独り立ちしたいという想いを、おまさもお種も本気と見做してはくれないのに、師匠だけが真っ向から受け止めてくれたのだ。

その誠意に報いるべく、こちらも性根を据えてかからねば。左の手指にしっかりと、勘所を覚え込ませてやるのだ。

それにしても、険しい顔まで麗しいってどういうことかしら。

そんなことを考えながら、桐の箱に三味線を仕舞う。険しい顔つきをしても雄々しさが出ず、師匠の美貌は冴え渡るばかり。これでは「師匠は男だ」と触れ回ったところで、誰も信じてはくれなかろう。

むしろあたしが笑われるわよ。

この秘密だけは、一切誰にも喋るまい。あらためてそう決意した。

「じゃあまた、七日後に」

挨拶をし、重い三味線箱を抱えて立ち上がる。お種が待っているのは控えの間だ。間を隔てる襖を開けようと背を向けたとたん、「お待ち」と師匠から声がかかった。

またなにか、粗相をしてしまったか。おそるおそる振り返ると、師匠は形のいい目をこちらに向けて、うんと見開いていた。

「お前さん、その帯は――」

帯？　と首を傾げ、おりんは己の胸元に目を落とす。

宝尽くしの帯である。瓢屋にちなみ瓢簞（ひょうたん）を模（かたど）った枠がいくつも織り込まれ、その中に宝珠や小槌や宝鑰といった宝物がちりばめられている。

「帯が、なにか？　姉さんたちのお下がりですけど」

元は晴れ着用に仕立てられたものらしいが、二人の姉の手を経てくたくたになり、刺繡（ししゅう）が擦り切れたところもある。それでおりんは略服として、この帯を下ろしていたのだった。

たしかに普段使いするには、ちょっと豪華な帯だけど――。

市松師匠は、依然としておりんの腹回りに目を留めていた。気まずくなるほどの沈黙の後、ふふっと力が抜けたように破顔する。

「ああ、そうか。瓢簞か。そりゃそうか、瓢屋だものね」

一人で頷き、納得している。己の頭の中だけでなにかが解決したらしく、師匠は
「なんでもないよ。呼び止めてすまなかったね」と手を振った。
「それじゃ、『おまさ姉さん』によろしく」
優美な微笑みで送り出され、おりんは首を傾げながら帰ることとなった。

四

雪だるまじゃあ、なかったんだねぇ。

稽古場に一人残されて、市松はぼんやりと虚空を眺める。

日が傾(かし)いできたらしく、室内はすでに薄暗い。薄墨を流したような暗がりに、あの子の面影を映してみる。

「あなたならきっと、女のうちにもいやしない美しい女になれるわよ」と言った、七五三詣での女の子。晴れ着が美しかったからよく覚えている。おりんが締めていた帯は、彼女と同じものだった。

幼い市松はその帯に織り込まれた模様を、雪だるまだと思った。だが実際は、

「瓢簞に宝尽くし」だったのだ。瓢屋の娘だったのであれば、なるほどと腑に落ちる意匠である。

誰が「どこに出しても恥ずかしくないと評判の娘」だって？　町内一の俊足だったお転婆娘が、ずいぶん出世したものだ。時を経て、あの子は重たい着物や帯と和解できたのだろうか。

アンタの妹は、どうやら聞き分けがなさそうだよ。姉妹ならば似ているはずだ。おりんは変わることなく、お転婆のまま成長するつもりのようだけど。

きっとアンタの生きざまを見て、聞き分けがよくたって馬鹿を見るだけと学んじまったんだろうさ。

幸せであってくれと、願っていたのに。望まれて嫁いだはずの「おまさ姉さん」は、瓢屋に出戻っているという。

家族にも涙を見せなかったというのは、たしかにあの子らしい剛情だ。表向きはどうあれ、芯の強さは変わっていないのだろう。

さて「おまさ姉さん」は、どうして泣いたのか。

あの子のことだと分かったら、俄然(がぜん)興味が湧いてきた。

はたして彼女は、自分を捨てた男への未練なんぞで泣くだろうか。

市松は膝元に置いてあった三味線を構え、唄をつけて弾き始める。

黒髪の　結ぼれたる思いには
解けて寝た夜の枕とて　ひとり寝る夜の仇枕
袖は片敷くつまじゃというて
愚痴なおなごの心も知らず　しんと更けたる鐘の声
昨夜の夢のけさ覚めて　ゆかし懐かしやるせなや
積もると知らで　積もる白雪

たしかに恋人に捨てられた女の、恨み節ではある。

ただこの曲が有名になったきっかけは、天明(てんめい)ごろに中村座で演じられた芝居『大商蛭子島(おおあきないひるがこじま)』に使われたことだった。

芝居の筋は、源頼朝(みなもとのよりとも)による源氏再興の物語が下敷きとされている。

伊豆に流された頼朝は身元引受人である伊藤祐親の娘、辰姫とまず恋仲になる。しかしいずれ立つ身の頼朝には、坂東武者の助力が必要であった。ならばと辰姫は身を引いて、北条時政の娘である政子との婚姻を勧めるのである。

頼朝と政子が初枕を交わす夜、辰姫は一人髪を梳きながら、嫉妬の炎に身を焦がす。その場面の「めりやす」として使われたのが、この『黒髪』であった。めりやすとは髪梳きや愁嘆などの台詞のない場面に流れる曲で、役者の動作に合わせて長くも短くも唄われるため、伸び縮みするメリヤスの布になぞらえてそう呼ばれるようになったと聞く。

物思いに耽りながら、市松は首に巻いたメリヤスの布をさらりと撫でた。

おまさは踊りをやっていたというから、当然この曲がめりやす節だと知っているはず。どんな場面で流れるのかも、承知の上に違いない。

「あの子は本当に、亭主から離縁されたんだろうか」

考えたことが声に出ていた。

市松は撥を置き、じっと瞑目する。

涙のわけを問われ、おまさは「懐かしいだけ」と答えたという。懐かしいのは、胸の内に愛しい記憶があるからだ。

望まれて嫁いで行ったとは言うけれど、彼女のほうでも元の亭主を慕っていたのだろう。共に過ごした日々は、きっと幸せだったのだ。

ならばなぜ、その幸せは終わりを告げたのか。離縁の理由は本当に、子が授からなかったという一点のみなのだろうか。

おりんは姉の泣く様を、清々しい表情と言い表した。案外今の状況は、彼女の本望なのかもしれなかった。

さて、どういうことなんだろうねぇ。

市松は目を開き、顔の横で二度手を打ち鳴らした。

「お呼びで」

縁側の障子が開き、捨吉が顔を出す。雨脚は強まっており、そんな所に座っていては背中が濡れてしまうだろうに。

だがこの男は、雨に打たれてみじめに濡れそぼっていたいのかもしれない。

市松はあえてそちらを見ずに、忠実な下男に命じた。

「ちょいと、調べてほしいことがあるんだけどね」

雨音は、市松の声をかき消さんばかりに響いている。捨吉は一言一句聞き逃すまいと息を凝らし、すべて聞き終えると「かしこまりました」と身を低くした。

第三章　辰姫の事情

一

もぐさの煙がもうもうと立ち込めて、母の顔が霞んで見える。

ただでさえおりんや姉たちと同じく彫りの浅い、ちんまりとした顔立ちである。目鼻の位置が曖昧（あいまい）になり、まるでのっぺらぼうのようであった。

煙の切れ目から窺うと、その頬は火照（ほて）ったように赤い。歳のためかお松は去年あたりから血の道に乱れが生じ、頭が痛いの眩暈（めまい）がするのと、寝込む日が増えていた。

医者の見立てによると病ではないが、この状態が数年は続くであろうとのこと。好きだった芝居にも行く気が起きず、日々鬱々と過ごしている。

調子がいい日もあるようだが、梅雨に入ってからはじめじめとした天気のせいか、なかなか床を上げられない。

そんな母が頼みにしているのが、灸である。ツボさえ覚えれば自分で据えられるとあって、お松の布団にも着物にも、もぐさのにおいが濃く染みついていた。

今も布団の上に起き上がり、内くるぶしに近い三陰交に灸を据えている。足の冷えや、血の道症などに効くツボだという。

「なぜ、両国なの」

ゆらゆら揺れる煙の向こうから、お松のぼんやりとした声が問うてきた。

「三味線屋なら、四谷にだってあるでしょうに」

瓢屋の娘ともなれば、好き勝手に歩き回れるわけではない。出かけるにはそれ相応の供をつけねばならず、お付き女中のお種であっても借り受けるには母の許しが必要だった。

両国にある三味線屋に行きたいと願い出たおりんは、求めを斥けられてはならじと身を乗り出す。

「両国には、可愛らしい柄の胴掛けがあるんですって。今日は雨の気配もなさそうだから、ちょっと見に行ってみたいの」

胴掛けとは、三味線の胴の片側につける覆いである。帯地や着物地などで作られており、装飾的役割のほかに肘を置きやすくし、汗を吸い取るという利便性も兼ね備えている。

四谷界隈の三味線屋には渋い色合いのものしかなく、若い娘には物足りない。両国にならいいのがあるわよと、菓子屋のお杏ちゃんから教わったのだった。

「ずいぶんと三味線に熱を上げているのね」

新しいもぐさを小量取って指先で揉みながら、お松が横顔で呟く。

ドキリとしたが、三味線の師匠になりたいというおりんの望みはばれていないはず。おまさもお種も、体の不調を抱えるお松に新たな心配の種を植えつけようとは思うまい。

だからおりんは、しゃあしゃあと言ってのけた。

「どうせなら、音曲を好む粋な人と一緒になりたいもの。そのためには自分でも上手く弾けたほうがいいでしょう」

いい婿がねを見つけられるようにと、娘たちが幼いころから習い事を勧めてきた母である。当人もそのように躾けられたらしく、お松はお茶とお花とお琴の免状を持っていた。瓢屋はなかなかいい嫁入り先と言えるから、母の努力は実を結んだことになる。

でも、おまさは――。

幸せになる道と信じて娘をけしかけてきたのに、幸せを摑みきることができなかった。そんな思いが胸に去来したようで、お松はうっと喉を詰まらせた。

「知らないよ。アタシにはもう、なにが正しいのか分からない。どうしてあんないい子が、辛い目を見なきゃいけないの」

ついには袖で顔を覆い、さめざめと泣きだしてしまった。

ああもう、まただわ。

血の道で情緒が揺らいでいるため、お松はとかく涙もろい。うんざりしてはいるけれど、ため息でもつこうものなら「おっ母さんを煩わしく思っているのね」と言いがかりをつけてくる。これが始まると、泣き止むまでじっと黙って待つほかない。

できればおまさ姉さんのことで泣くのは、もうやめにしてほしいんだけど。

母親に不幸せな娘だと哀れまれると、おまさが傷つく。そんな素振りは少しも見せないけれど、だからって平気というわけではないのだ。

だって、あたしだったら耐えられないもの。

しかし母の涙が、役に立つ場面もあった。

なんでも岡田屋のご隠居が持ってきた縁談相手というのが、後添いを探している仏具屋の亭主だったそうだ。日本橋の大店で、嫁入り先としては申し分ない。ただし相手がおまさより三十も歳上の、爺さんでなければの話だ。

「いくら再縁だからって、親より歳上なんてあんまりです。岡田屋さんは、うちのおまさを馬鹿にしているんですか」

久兵衛に相談を持ちかけられ、お松は涙を振り絞って訴えたという。早いこと娘に次の幸せをと焦っていた父も、それもそうだと頭が冷えたようだった。

「ああ、いけない。眩暈がしてきた。アタシはもう寝るわ」

お松は脚の上で燻(くすぶ)っていたもぐさを煙草盆に捨てると、倒れ込むように身を横たえた。

ちょっと待ってよと、おりんは尻を浮かせる。このまま寝入られては困るのだ。

「おっ母さん、両国は？」

「祥一を連れて行きなさい」

兄について来られるのはもっと困る。妹想いのいい兄ではあるが、いかんせん融通がきかない。

「お種がいいわ。いざとなると兄さんより強いもの」

風貌が厳つい(いか)わりに、祥一は心優しい男である。おそらく三姉妹よりも、心根は乙女であった。

「そうね。じゃあそうしなさい」

お松も祥一では頼りないと思い直したか、夜着を引き被り許可を出す。

母の顔がすっぽりと隠れてしまったのをいいことに、おりんは両の拳を「よし」と握った。

四谷から両国までは、女の足でも一刻とかからない。

四谷御門から九段下へと抜け、さらに内神田へ。そのまま神田川沿いに東へゆけば、繁華な両国西広小路にたどり着く。

しかしおりんは芝居小屋などが建ち並ぶ広小路の賑わいを前方に見ながら浅草橋を渡り、そのまま北へと進んだ。両国を目指すなら、渡らずともよい橋だ。後ろにつき従っていたお種が、慌てて追いかけてきた。

「お嬢様、間違っていますよ。両国はほら、すぐそこです」

おりんにだって、そんなことは分かっている。わざとでなければこんな間違いをするはずがない。

「いいのよ。向かう先は両国じゃないんだから」

「へっ。じゃあ奥様には嘘をついたんですか」

お松の命により、供を許されたお種である。どんぐり眼（まなこ）をさらに丸くし、おりんを睨みつけてきた。

「お願いよ」と、おりんは己の鼻先に人差し指を突き立てる。

「やましいことをするわけじゃないんだから、黙ってて。ねっ」

「馬鹿言っちゃいけません。やましいから内緒にするんでしょう」

べつに悪いことをするつもりはない。けれども家族には知られたくない。なぜ嘘をついてまで出かけたのかと問われれば、おりんは自分自身を納得させたかったのだ。

「違うの。この目で確かめたいことがあるの」

「なんですか。うちのお嬢様にかぎって、逢い引きの相手なんざいないでしょうし」

好いた惚れたとは、一切無縁のおりんである。恋などしたいとも思わないが、お付きの女中にそう言い切られるのは癪だった。

「男の人に会いに行くのは本当よ」

「またまたぁ」

お種は手を上下に振り、あははと笑う。冗談と決めつけられてしまった。

「それで、どちらへ行こうとなさってるんです？」

人の話を聞かない女だ。おりんはむっと唇を尖らせる。

「浅草」

「の、どこへ？」

「柏屋よ」

そう答えたとたん、お種の頬が引きつった。

柏屋は、おまさの婚家だった地漉き紙問屋の名だ。

縁談がまとまったとき、父の久兵衛は「柏も瓢箪も縁起物でちょうどいい。なんともめでてぇ話じゃねぇか」と、胴間声（どうまごえ）を上げて喜んだものである。

柏の木は新しい葉が出るまで、古い葉が落ちないという。ゆえに家系が絶えずに続くという、子孫繁栄の縁起物とされていた。

そんなめでたい縁組だったのに、子に恵まれないとは皮肉なものだ。豪快に笑う父の隣で恥ずかしそうに頬を染めていたおまさの、若々しい面影が頭にちらついて離れない。

「ちょっとお待ちください。柏屋さんに行って、なにをするおつもりですか」

お種の腕が伸びてきて、後ろから袖を掴まれた。

米問屋や札差が軒を連ねる、浅草お蔵前の往来である。お種はさすがに力が強く、無理に振り払おうとすると袖が破れてしまいそうだ。

「なにもしやしないわよ。ただどんな顔をしていたっけと思って、拝みに行くだけよ」

おまさの元亭主の顔は、婚礼後の挨拶で一度見たきりだ。瓜実顔（うりざねがお）の柔和（にゅうわ）な面立ちだった気がするのだが、なにせおりんは当時まだ八つで、記憶が定かではなかった。

「そんなことをして、なにになるんです」

「なんにもならないわ。ただ見ておきたいの」

市松師匠に「知らないよ」と突っぱねられ、おりんは一人であらためて、おまさの涙のわけを考えてみた。

別れた亭主への恨みは、おまさの表情からは感じ取れなかった。どちらかといえばまだ好意があるような、そんな笑みさえ浮かべていた。おまさは幸せだった夫との日々を懐かしく思い出し、涙を流したのだ。

ならばきっと、夫婦仲はよかったのではあるまいか。

もしかすると、おまさに離縁を突きつけたのは亭主ではなかったのかもしれない。二人の仲を裂いた者は、別にいるのだ。

「ねぇ、お種。柏屋のお姑さんって、どんな人?」

思いがけぬことを尋ねられたらしく、お種の力が緩んだ。その隙に、おりんはその手から着物の袖を奪い返す。

「そんなの、私が知るはずないでしょう。お舅さんは、去年か一昨年に亡くなりましたけど」

「ああ、そうだったわね」

葬儀には、久兵衛も参列した。寒かったと震えていたから、去年の春先だったはずだ。

では一年余りの喪が明けるのを待って、おまさは追い出されたことになる。おりんの考えが正しければ、追い立てたのは姑だ。喪が明ければ新しい嫁を迎え入れることができるから、子を産まないおまさは用済みになったのだろう。

お舅さんは、おまさ姉さんを気に入っていたのかもしれない。すべては姑と、その言いなりになっちゃった元亭主が悪いんだわ。

柏屋があるのは、浅草田原町。恋女房をみすみす手放した、情けない男の顔をとっくりと拝んでやる。ついでに新しい嫁の来手があるのかどうかも、探ってみるつもりだった。

「あっ、お嬢様！」

お種が上擦った声で呼び止める。だがもう遅い。袖を取られないよう長い振りを手で摑み、おりんは走りだしていた。

主の身になにかあってはいけないから、お種も必死に追ってくる。悪いが足は速いほうだ。重たい振袖を着ていても、追いつかれない自信はある。

時折後ろを振り返り、お種がちゃんとついてきていることを確かめながら、おりんは浅草の町を駆け抜けていった。

ぜいぜいと、荒い息が背中越しに伝わってくる。

背後にぴたりと寄り添っている、お種の息遣いである。もう二度と逃がすまいと、おりんの二の腕をしっかりと摑んでいた。

それにしても、いっこうに息が整わない。おりんは苛立って、「ちょっと!」と後ろを振り返った。

「静かにしてよ。気づかれるでしょう」

柏屋は、間口九間ほどの桟瓦葺きの商家であった。ずいぶん繁盛しているようで、立ち働く奉公人の数も多い。店内の床が沿道より一段下がっているのは、客を上から出迎えないという配慮だろう。

おりんとお種は軒下に休んでいるふりをして、戸口からこっそり中を窺っていた。

なによ。なかなかいい店じゃない。

奉公人の様子を見ていれば、その店の善し悪しは分かるもの。小僧も手代も小綺麗なお仕着せに身を包み、折り目正しく客をもてなしている。お店者同士のやり取りも乱暴ではなく、年嵩の者は下の者に慕われているように見えた。

鬼のような姑と、木偶のごとき亭主が差配している店とは思えない。番頭が有能なのかと帳場格子の中に目を遣れば、頭が白くなった爺さんだ。筆を握ったままうつらうつらと居眠りをしており、近くにいた手代に揺り起こされていた。

なにあれ、変なの。

手代に向かって「すまない」と片手拝みする番頭を見て、おりんは眉間に皺を寄せる。

ふつう番頭というのは、もっと威張っているものだ。瓢屋の番頭だって、店の奉公人からは怖がられている。そうやって目を光らせておかないと、手を抜く者が出てしまうのだ。

ところが柏屋では番頭に威厳がなくとも、奉公人たちはそれぞれの仕事をまっとうしている。雨の多い季節は往来に轍や足跡が残るものだけど、店の前はしっかりと均され、掃き清められていた。

奉公人を大事にしない店は、誰からも大事にされねぇもんだ。という、父の言葉を思い出す。柏屋の奉公人は、自分たちの店が好きらしい。だからこそ、目を光らせておく者などいなくとも、生き生きと働けるのであろう。

ご亭主は、いないのかしら。

おりんはじっと目を凝らす。着ているものが違うから、いれば必ず分かるはず。だが土間にも広い座敷にも、それらしい姿はなかった。

留守だとしたら、間の悪いことだ。家を抜け出すのに、同じ手はそうそう使えない。お種だって、次からは身構えることだろう。

ならば代わりに姑の顔を見ておきたいと思うが、この規模の商家では女は表に出てこない。せっかく浅草まで出張ってきたのに、空手で帰る羽目になるのか。

ううん、そんなのは嫌！

せめて再縁の話があるかどうかは、探ってから帰りたい。小僧がお使いに出たら呼び止めて、聞いてみようか。奉公人でもその程度の噂なら耳にしているはずである。

「お嬢様。ねぇ、お嬢様」

後ろからお種が袖を引いてくる。考えを巡らせているところなのに、煩わしいったらありゃしない。

「お嬢様ったら」

「んもう、なによ」

腹立ち紛れに手を振り払いながら、身を翻す。おりんの背後にはお種の他にもう一人、小柄な男が立っていた。

「ひゃっ！」

まだ身丈が伸びきっていないおりんよりわずかに高い位置から、男は目を細めて見下ろしてくる。瓜実顔の、柔和な顔立ち。着物も羽織も、上等なものを身に着けていた。

そういえばおまさの元亭主は、おまさと並ぶと身丈が同じくらいだったっけ。

間違えようもなく、この人だ。名はたしか——そうだ、藤治郎。常に薄く微笑んでいる菩薩様のごとき風貌は、八つのときの記憶のままだった。

こんな人のよさそうな人が、どうして。いいや、人がいいからこそ、母親に逆らうことができなかったのかもしれない。

「お嬢さんたちは、うちの店になんのご用で？」

ぼんやりと男の顔を見上げていたら、見た目どおりの穏やかな声で問いかけられた。

おりんはハッと息を呑む。こんな所に立って店の中を覗いていたら、怪しまれて当然だ。

このような事態は考えてもみなかった。答えあぐねておりんはきょろきょろと眼(まなこ)を動かす。道端にでも、うまい言い訳が転がっていればいいのにと思いながら。

そんなおりんを前にして、藤治郎がふふふと笑う。馬鹿にされたような気がして、頬が熱くなった。

「どうして笑うの」

「いえ、すみません。可愛らしくて、つい」

そんな歯の浮くような台詞を、どこの誰とも知れぬ娘に向かってよく言えたものだ。これは案外、曲者(くせもの)かもしれない。

「ああ、そんなに身構えないでおくれ、おゆかさん。いや、違うか。おりんさんか」

名前を言い当てられ、おりんはびくりと肩を揺らした。

まさか五年も前にちらりと顔を見交わしたことがあるだけの元妻の妹を、覚えているとは思わなかった。多少は成長して、面差しも変わったはずなのに。

「どうして、分かったの」

「それはやっぱり、どことなくおまさの面影があるからね」

なぜ追い出したはずの妻の名を、そんなに愛おしそうに呼ぶのだろう。藤治郎の眼差しは、温かい。おりんの顔に、おまさを重ね合わせて見ているように。

そろそろ次の嫁を、迎え入れようとしているのではないのか。おりんは混乱し、言葉もなくじっと相手を見上げる。

藤治郎は悲しげにも見える笑みを浮かべ、尋ねてきた。

「どうでしょう。その後、おまさは息災にしていますか」

おかしなことに、なってしまった。

目の前では、五十がらみの女がしくしくと泣いている。手拭いでしきりに顔をこするので、白粉（おしろい）がよれて直視するのも憚（はばか）られる有様である。

その肩を、藤治郎が包むように優しく撫でた。

「おっ母さん、おりんさんが困っているから」

柏屋の、奥の間である。「まぁ寄っておいきなさい」と、断る隙も与えられずに通された。女中のお種は同席できず、控えの間で待っているはずだ。一人では心細いが、今はそれ以上に困惑していた。

「そうね、すみませんね」と、涙を絞っているのが藤治郎の母。すなわちおまさの姑だった人である。

おまさの妹が訪ねて来たよと息子に呼ばれ、この部屋に足を踏み入れたとたん、姑は「あらまぁ」と呟いた。おりんを見つめる瞳から涙がこぼれ落ちるまで、さほどの時はかからなかった。

「いけないわね、見苦しいところを見せてしまって。おりんさんが、あんまりおまさに似ているものだから」

そんなに似ているだろうかと、おりんは自らの頰をつるりと撫でる。たしかに三姉妹はみな母親似だが、共にいるとそれぞれの違いが際立つ。たとえばおまさのほうが目元が涼やかで、おりんは少し丸っこい。顔の長さも形も、比べればずいぶん違った。

「身に纏う気配が似ているんだよ」

首を傾げていると、藤治郎がそう言い添えた。腑に落ちたわけではないが、おりんは「はぁ」と頷いておく。

それにしても、分からない。なぜ姑が、おまさの面影を偲んで泣くのか。鬼のような女だろうと思っていたのに、藤治郎の言葉を借りれば姑は、身に纏う気配が息子と同じなのだった。

見たところ、虫も殺せぬような人だ。この姑が、子を授からなかった嫁を率先して追い出すとは思えない。おりんの勝手な想像は、おそらく外れているのである。

「それで、今日はどうしたの。おまさになにか？」

気遣わしげに尋ねられ、答えに窮する。あなたたちの顔を拝みに来ましたとは、とても言えない。

「特に、なにも。近くに用事があったから、出来心で覗いちゃったんです。すみません」

「そう、なにもないなら、いいのだけれど」

姑は頷いて、無理に微笑む。実家に戻ったおまさのことを、心から案じている。

おまさは息災かと聞いてきた、藤治郎もそうだった。

いったいなにが起こってるの。

考えてみても、分からない。おりんは思い切って、「あの」と声を励ました。

「失礼ですが姉は子ができないことで嫌われて、離縁されたんじゃないんですか」

問われて藤治郎と姑は、軽く目を見交わした。二人とも、曖昧な笑みを浮かべている。それだけで、おりんに詳しいことを話すつもりはないのだと分かってしまった。

「私たちがあの人を嫌うなんてことはありません。むしろ申し訳なく思っておりますよ」

姑はそう言うと、また手拭いで顔を覆ってしまった。

くぐもった嗚咽を聞きながら、おりんは途方に暮れた。なぜかどこにも、悪者がいない。この二人もおまさもそれぞれに想い合っているようなのに、それでもうまくいかないことってあるんだろうか。

藤治郎もまた、涙を堪えているようだった。眼を赤く潤ませて、おりんに言伝を託してきた。

「どうか、おまさに伝えておくれ。あなたの真心を無駄にせぬよう、私は先へ進みます。だからあなたも幸せになってくださいと」

含みのある言葉だった。これだけは聞いておこうと、おりんは鋭く切り込む。

「それは、再縁の話があるということ？」

藤治郎はなにも答えず、やはり曖昧に微笑むだけ。けれどもそれで充分だった。

冗談じゃない、おまさ姉さんになんて言えばいいのよ。

探れば探るほど、納得できないことばかりが増えてゆく。

おまさの涙のわけなんて、もうすっかり見失ってしまった。

二

爪切りを、どこにやってしまっただろう。

少しでも爪が伸びていると、三味線の勘所の押さえ具合が変わって気持ちが悪い。ゆえに小刀で頻繁に削いでいるのだが、その道具が見つからない。

小簞笥（こだんす）の抽斗（ひきだし）を開け閉めして、市松は小さく舌を鳴らす。身の回りのことはすべて捨吉に任せているため、留守にしていると分からなくなることが多い。

なんだかんだで、あれに頼りきりなんだねぇ。

「情けない」と呟いて、市松は台所の土間に下りる。ようするに、刃物ならなんでもよいのだ。

へっついの横に渡してある包丁立てから一本拝借し、左親指の爪に押し当てる。刃渡りのある包丁は、ずしりと重くて扱いづらい。右手の爪は特に難儀しそうだと思っていたら、勝手口の引き戸が外から開いた。

昨日から留守にしていた捨吉の、朝帰りである。帰る道すがら朝餉(あさげ)にする蔬菜(そさい)を買い求めてきたらしく、手に青菜の束を握っている。

指先に包丁を押し当てている市松に気づくと、捨吉は血相を変えて飛びついてきた。凄まじい力で握られて、右の手首がきりりと痛む。

なにを焦っているのだか。命を断つ勇気がなかったからこそ、この歳まで生き長らえているというのに。

包丁を取り上げられ、市松は手首をさすりながら笑う。

「案じなさんな。爪を切ろうとしただけさ」

主の顔と包丁を見比べて、捨吉は「失礼をいたしました」と腰を折る。包丁を置き「こちらです」と、市松を稽古場へ促した。

部屋の隅には旦那だった男が誂えてくれた、松に山水の蒔絵が施された鏡台を据えてある。捨吉はその抽斗から漆塗りの柄に収まった小刀を取り、両手で恭しく差し出してきた。

「ご不便を、おかけしまして」

一人ではなにもできないと思われているようで、きまりがわるい。市松はふいとそっぽを向いた。

「べつに、アンタがおらんでもなんも困らへん」

「ええ、左様ですか」

捨吉は小刀を市松の膝先に置き、一礼してから下がろうとする。その後ろ姿を、つい呼び止めてしまった。

「どこへ行くのん」

「青菜を買い直して来ませんと」

市松を取り押さえる際に、青菜は土間に放り出されていた。そんなものを主の口には入れられないと考えているのだろう。

「かまへん、そんなんは洗たらしまいや。それよりも、ほれ」

小刀を手には取らず目だけで示し、市松は左手をだらりと差し出した。

「爪、切ってぇな」

二度と許可なく触れませんと、誓ってから市松の下男になった男だ。捨吉にとって主の体に触れることは、最上の喜びであり最大の責め苦である。そうと知りつつ市松は、ゆらりゆらりと手を振った。

自らが仕込むべき陰間に魂を奪われた、哀れな男。元の旦那はそれを面白がり、市松を落籍すと同時に捨吉をも雇い入れた。捨吉が見ている目の前で、市松の体を責め呵んだこともある。目を逸らすことも許されず、捨吉は膝の上に拳を握ってじっと耐えていた。

あなた様の体をはじめに傷つけたのは私なのですからと、彼は言う。

まっさらな少年の体に男を受け入れる術を覚え込ませるのもまた、陰間茶屋の「まわし」の仕事。役目上仕方ないこととはいえ、無上の存在に痛みを植えつけた己の罪を、捨吉は決して忘れない。市松との接触にどうしようもない喜びを覚えてしまうのは、彼にとっては教義に反するほど許しがたいことだった。

「失礼します」

感情を押し隠した陰気な顔で、捨吉は市松の手を取った。元より手先の器用な男だ。陰間だったころは「売り物に傷をつけちゃいけませんから」と、手指の爪は彼が切っていた。市松が一度誤って、指先の肉を削いでしまったからだ。

久方振りに主の爪を切る、捨吉の息遣いを間近に感じる。掌中（しょうちゅう）の珠を万が一にも傷つけてはならじと、慎重に小刀を使っている。

可哀想になぁ。

市松は売られ、捨吉はその店に奉公していたというだけの巡り合わせ。彼を恨むのは筋違いと分かっているし、いずれほどよい時期に手放してやらねばと思う。けれども時折、可哀想な男が自分のために苦しむ様を、見たくてたまらなくなってしまう。

手の爪は言うほども伸びてはいない。肉に沿って薄く削ぎ、ふっと吹き飛ばしてゆくうちに、十本すべてが終わってしまう。

「引っかかるところはありませんか」

　そう言いながら身を引こうとする捨吉を、まだ許したくはなかった。市松はその膝の上に、すとんと右足を乗せてやった。

　体毛が薄いなりに、多少生えてくる毛は毛抜きで抜いている。着物の裾から大胆に覗く白い脛は、象牙細工のように滑らかだ。捨吉が苦しげに呻くのが分かった。

「足の爪もや」

　普段は角度や見せかたで工夫しているが、市松の手足はやはり並みの女より大きい。取り繕うことなく投げ出された足を、捨吉は震える手で包み込む。

　市松は相手の胸の内になど頓着せぬ風を装って、脇息を引き寄せた。片足を託したまま、けだるげにもたれかかる。

　夏であろうと、この体はなぜか爪先だけが冷える。捨吉から伝わる異様な熱を感じながら、市松は寛げた肘にくたりと頭を乗せた。

「それで、調べは済んだのかい？」

　小刀の扱いに集中しつつ、捨吉は人を使い自らも動いて得た知らせを、ぽつりぽつりと語りだした。

瓢屋の「おまさ姉さん」が嫁いだ先は、浅草に店を構える地漉き紙問屋の柏屋だという。先代が死んでまだ間もないが、今の旦那は人から慕われる性質で、経営はうまくいっているようだ。

おまさとの夫婦仲もすこぶるよく、嫁姑も実の親子のように睦まじかった。舅が存命の折には四人で観音詣でに出かける様子が、度々目撃されたそうである。

「なんだい、幸せにやってたんじゃないか」

「ええ、そのようで。ただし、火種は外にありまして」

市松の足が動かないよう膝の上に抱え込み、捨吉は老爺のように背を丸めていた。主に傷を負わさぬよう、千々に乱れる心を無理にまとめてどうにか喋っている。はじめ震えていた手は、刃物を握ったとたんにぴたりと止まった。

「柏屋は、芝に出店があるんです。こちらは小売りで、楓屋というんですが」

楓屋は、柏屋の藤治郎の叔父にあたる男が切り盛りする店である。そいつがどうやら強突く張りの曲者で、先代が存命のうちはまだよかったが、他界したとたん柏屋の内情に口を出してきた。

曰く、嫁をもらって四年も経つのに、いつまでも子ができないのは心配だ。跡取りの問題もあろうから、ここはひとつうちの長男を養子に迎え入れちゃどうか。涎を垂らさんばかりの勢いで擦り寄ってきて、いずれ柏屋を乗っ取ってやろうという魂胆なのは目に見えた。

それじゃ楓屋の跡取りがいなくなってしまうと断っても、うちには娘もおりますのでと取り合わない。嫁がまだ若く、この先も子を授かる見込みがないわけではないと突っぱねると、「なら一、二年は様子を見ましょう」と、いったんは引き下がった。

それが、昨年のことだという。若夫婦はそれなりに励み、神仏にも縋ってみたが、一年経ってもやはり子はできなかったというわけだ。

もしかすると、亭主のほうに子種がないのかもしれない。だがこんなときは、得てして女の胎が責められるもの。おまさもまた、自分のことを責めてしまった。

「実の子さえいれば楓屋も強く出られないだろうからと、自ら離縁を申し出たようです」

捨吉は、伏し目がちに淡々と話す。

ちょうど先代の喪が明けたころである。どうか新しい嫁をもらって子をもうけてください」と、おまさは涙ながらに訴えた。亭主も姑もそれを引き留めたが、「うちの奉公人のことも考えてくださいな」と言われると弱かった。

楓屋は、奉公人が続かないことで有名だった。お内儀がまた亭主に輪をかけて意地が悪く、欲の深い女なのだという。奉公人には満足に飯も与えず、好き勝手に追い回しているらしい。

その点柏屋は、先代からずっと奉公人を大事にしている。けっきょくのところ商いというのは、人と人との繋がりだ。それは客だけでなく、お店者も同様である。もしも楓屋に店が乗っ取られてしまったら、今まで家族のように働いてきた奉公人たちはどうなってしまうのか。それを考えると、おまさをそれ以上引き留めることはできなかった。

「ひどい話だね。楓屋の長男坊ってのは、いくつなんだい」

「十七で。かなりのぼんくらのようです」

ふた親がその調子なら、まともに育つのは難しかろう。長男は名を巳之助といい、その歳にして品川の虎屋という妓楼に入り浸っているという。

「ああ、そうか。地漉き紙問屋だったね」

すべての爪を切り終えて、捨吉は主の足をそっと畳に下ろす。切った爪の欠片を包んでいるのが浅草紙、すなわち地漉き紙である。

古紙を集めて漉き返した粗末な紙で、鼻紙や落とし紙として使う。どこの家にもあたりまえにあるものだが、それが大量に消費される場所がある。

すなわち吉原と品川の、遊郭だ。柏屋が浅草、楓屋が品川にほど近い芝にあるのも、そのことと無縁ではないだろう。

巳之助が歳若くして妓楼に出入りしているのも、家の商いと縁が深く、多少は大きい顔ができるからだ。近ごろは「俺は本家の跡取りになるんだ」と吹聴し、以前より派手に遊び歩いているという。

「なるほどねぇ。よくもまぁ、こんなに聞き集めたもんだ」

市松は脇息に凭れたまま、捨吉を言葉でねぎらってやった。

実際のところ柏屋が危機に瀕していることなど、当事者以外はまだ知らぬはず。どうやって探ってきたのかと問えば、捨吉はしれっとこう答えた。

「市松様の命とあれば、床下へも天井裏へも潜り込んでみせます」

はて、そのような命令を下した覚えはないのだが。

市松は苦笑いを浮かべる。見つかって賊と間違えられなかったのが幸いである。

「柏屋へは、おりんさんも見えておりました。離縁のわけを聞いて、はぐらかされていましたが」

「おやまぁ、あの跳ねっ返り」

大店のお嬢さんが、なにを動き回っているのだか。まったくあの子には驚かされる。

「おまさの妹じゃ、しょうがないか」

姉妹揃って、意志の強いこと。けっきょくのところ、離縁もおまさが決意したことだった。

すべては婚家と奉公人たちを守るため。自分さえ身を引けば、物事はうまく回ると考えた。まさに『大商蛭子島』の辰姫である。

おりんの弾く『黒髪』が、おまさに辰姫の物語を思い起こさせた。ゆかし懐かしやるせなや。柏屋での幸せだった日々が急に思い起こされて、涙を止めることができなかったのだろう。

つまりそれが、おまさの涙のわけだった。

楓屋という邪魔者さえいなければ、彼女の幸せは続いただろうに。想い合う相手と引き裂かれるのは、身を切られるほど辛かったろう。

「いいや、今ならまだ間に合うか」

口元に手を当てて、市松は独り言のように呟いた。

おまさにも柏屋にも、再縁相手がいない今ならば。障害さえ除いてしまえば、元の幸せを取り戻せるのではなかろうか。

乱れた裾を直し、市松はするりと立ち上がる。

敵は楓屋。その根城を落とすには、最も弱いところを突くのが一番だ。

「品川ならたしか、お蝶（ちょう）がいたね」

同じ師匠に三味線を習った、妹弟子である。ずいぶんうるさい女だが、あれは品川で芸者になったはずだった。

丸めた浅草紙を大事そうに懐へ仕舞い、捨吉は訝しげに眉を寄せる。この上なにをする気だと、眼差しが問いかけてくる。

幼いころに一度会ったことがあるだけの女のために、市松がひと肌脱いでやる必要などないのかもしれない。けれどもあの子の面影を思い出しては、その明るさと邪気のなさに幾度となく救われてきたのだ。勝手に感じた恩だけど、返すなら今しかなかった。

「アタシはしばらく悪い風邪をひいて寝込むとするから、弟子たちにはそう伝えておくれ。うつしちゃいけないから、見舞いは不要だとね」

そうと決まれば、ぼやぼやしていられない。朝餉を食べたら行水をして、髪を結い直してもらおう。着物と帯は、粋筋らしくこなれたものがいい。

矢継ぎ早に繰り出される指示に、捨吉は鼻白(はなじろ)んだ様子を見せる。それでもこの男には、主に逆らうという考えはない。「かしこまりました」と一礼してから、縁側に面した障子を開ける。

湿った風と共に、雨のにおいが流れ込んできた。今日もこれから、じめじめと降るのだろう。

品川までの道のりを考えて、市松は「難儀だねぇ」とため息をついた。

生糸のように細く降る雨が、足元を濡らす。

傘を差し、高足駄(たかあしだ)を履いていても、上からしたたり落ちてくる水滴は防ぎきれない。爪先はすでに、氷のように冷えている。

日ごろ出歩くことなどないのに、よりによってこんな雨の中を遠出しなければならぬとは。

品川宿が見えてきたころには、市松はすっかり腹を立てていた。

これじゃ、本当に風邪をひいちまうよ。

理不尽な怒りが胸に渦巻く。すべては楓屋が悪いのだが、直に乗り込むわけにはいかない。店先で楓屋の非を責め立てたところで、頭のおかしい女だと追い払われて終わりである。

それよりも虎視眈々と、付け入る隙を狙うのだ。

品川の雨は、少し磯臭い。高輪の大木戸からしばらくは海を眺めながら歩いてきたが、この先東海道は歩行新宿に北品川、それから南品川と、雑然とした宿場町を突っ切ってゆく。ただ磯のにおいだけが、ここが海端であることを知らせていた。

まだ昼前とあって、雨に煙る町には人気が少ない。湯に行った帰りらしい玄人風の女を摑まえて聞いてみれば、お蝶の家は難なく分かった。

市松は溝板を踏み、南品川の裏店へと分け入った。

せせっこましい棟割り長屋だ。目当ての部屋の障子戸には、墨一色で蝶の絵が描いてある。ここに違いないと確信し、市松はほとほとと戸を叩いた。

しばらく待っても、返事はない。しかし耳を澄ましてみれば、人のいる気配はあるのだ。「あん」と小さく喘ぐ声が聞こえ、市松は遠慮なく戸を開いた。

「わっ！」「きゃあ！」二種類の悲鳴が混ざり合い、四畳半の真ん中に敷かれた布団が跳ね上がる。褌を解いた男と、長襦袢姿の女。なにをしていたかは明白だ。

市松は濡れた傘を土間に立てかけ、構わず部屋に上がり込む。

「なんだてめぇ！」と、男が歯をむき出しにして凄んだ。

髪が濡れないよう、手拭いを頭から被っていた。それを解き、市松は光り輝くかんばせを露わにする。ちらりと流し目をくれてやると、男はぽかんと口を開け、魂を抜かれたように大人しくなった。

「帰りな」

「へ、へぇ、すいません」

着物の前をはだけたまま、男は脱ぎ散らかしたものをかき集める。それらを身に着ける余裕もなく、雨の中へと飛び出して行った。

「んもう。なにさ、いいところだったのに」

布団の上に身を起こして首の裏を掻いているのが、まさしく妹弟子のお蝶である。色白のむっちりとした女で、男好きがするし当人も男が好きだ。ああやって肌を合わせる相手は、一人や二人ではないだろう。

「おやまぁ、久し振りに会う姉弟子への挨拶がそれかい？」

「ご挨拶なのは姉さんだよ。人んちにずかずかと上がり込んでさ。今夜もお座敷があるんだから、ちったぁゆっくり寝かしとくれよ」

眠ってなんかいなかったくせにと、市松は肩をすくめる。相変わらず口数の多い女だ。こちらがなにか言えば、倍になって返ってくる。

「もう昼過ぎだよ」

「みんながみんな、雄鶏のように早起きってわけじゃないんだ。姉さんは歳を取って朝に強くなったかもしれないけどね、アタシはまだまだ若いんだよ」

若いといっても、お蝶とは三つ四つしか違わない。それなのに、すぐ人を年寄り扱いしてくる。

「本当にうるさい女だねぇ」

やれやれと腰を下ろし、市松は布団に足を突っ込んだ。さっきの男の温もりだと思うと気色悪いが、もはや耐えがたいほど爪先が冷えていた。

「おやなんだい、姉さんがお相手してくれるのかい」

「馬鹿をお言いでないよ」

お蝶は市松が元陰間だと知っている。深川の妾宅に囲われていたころは、べつに隠してもいなかった。

「アタシは姉さんならいつだって構わないんだけどねぇ」

「冗談じゃない。こちとら女の抱きかたなんざぁ知らないよ」

陰間でも売れないのや薹（とう）が立ったのは、女の客をあてがわれる。人気絶頂のまま落籍された市松には、縁のない話であった。

「だからほら、アタシが手ほどきしてやろうって言ってんじゃないのさ」

お蝶が唇を尖らせて、ふざけているわけでもなさそうな眼差しで見上げてくる。

こんな女でも可愛い妹弟子だ。羽二重（はぶたえ）餅（もち）のように白いその額を、市松は「ごめんだね」と平手で叩く。

「ひどぉい。女に恥をかかせるなんて、信じられない。鬼だよ、畜生だよ」

口では市松をひどく罵りながら、お蝶は腕を絡めてぴたりと体を寄せてきた。

「こら、およし」

「くっついてるだけ。姉さん冷えてるんでしょ？」

市松と違い、お蝶は暑がりだ。身を寄せ合っていると、彼女の余分な熱が市松に移ってくる。「冷たくっていい気持ち」と、お蝶は子供のように笑った。

「アンタね。姉弟子が久方振りに会いに来たんだ。まずはなんの用かと尋ねるのが普通じゃないのかい？」

「それもそうだね。なんで来たの？」

まったく、この娘ときたら。その場の調子だけで生きており、だらしがないし先のことも考えない。けれども妙に憎めないところがあった。

もしも妹というものがいたならば、こんな感じなのだろうか。自分で叩いた額を撫でてやりながら、市松は来意を告げた。

「一つお願いがあるんだけどね。虎屋っていう妓楼に出入りしている芸者がいれば、顔を繋いでほしいんだよ」

品川までの道中のついでに、芝にある楓屋をちらりと覗いてきた。

広くもない、間口三間ほどの店である。暖簾は色褪せ、前土間は泥に汚れており、ぱっと見ただけでも規律の乱れが感じられた。

店番は小僧がたったの一人。若いのに生気がなく、市松が店先に立っても声すらかけない。耳たぶがただれているのは火傷らしく、もしかすると折檻の痕かもしれなかった。

どうやら捨吉の話に、誤りはないようだ。楓屋の内側に潜り込んで探ってみれば、瑕疵はいくらでも見つかるだろう。

だがその手法は市松向きでない。女中などに化けるには、見た目が派手すぎるのだ。

しかし芸者ならば、なんとかなる。虎屋に出入りして長男の巳之助を骨抜きにしてしまえば、いかようにも扱える。

ゆえに髪は芸者島田。藍鼠の色無地に更紗の帯と、その筋らしい装いで来た。あとはどうやって、虎屋のお座敷に潜り込むかである。

「ああ、虎屋さんならいつもお座敷に呼んでもらってるよ」

まさに渡りに船。お蝶が自らを指差し、そう言った。

こりゃあ、手間が省けたね。

市松は「よし」とお蝶の肩を抱く。

「ならアンタにはこれからしばらく、悪い風邪にかかってもらうよ」

「へっ？」

なにがなんだか分からない。お蝶は頬にはっきりとそう書いて、間抜け面で首を傾げた。

三

泥を撥ね上げないよう気をつけながら、来た道を引き返してゆく。

さほどの道のりでなくとも、無駄足というのは気が滅入る。ましてやこんな、雨の日では。

おりんは女中のお種と共に、四谷大通りを歩いていた。甲州街道を行き来する旅人が多いこの界隈も、足元が悪ければ閑散となる。途中酒樽を積んだ大八車がぬかるみに嵌まり、通りがかりの男たちで引き上げているのに出くわした。

　とかく雨とは、難儀なものだ。

「お嬢様、そう落ち込まないでくださいよ」

　そんなに肩を落としていただろうか。お種が三味線箱を抱え直し、励ましてくる。

　前の稽古から七日が経ち、市松師匠の家へ出向こうとしていたところだった。到着するより前に師匠の家の下男が歩いてきて、なにかと思えば稽古が取りやめになったことを知らせたのだ。

「申し訳ございません」と謝られても、病気ならばしかたない。せめてお見舞いをと申し出たが、それも丁重に断られた。

「だって、悪い風邪だと言ってたわ。師匠は大丈夫なのかしら」

　そもそも風邪に、いいも悪いもあるのだろうか。おりんもおたふく風邪に罹（かか）ったときは耳から喉にかけてがひどく腫れ、痛くて泣いたものだけど。もしや市松師匠の美しい顔も、真っ赤に腫れ上がっていたりして。

　梅雨の時期には悪い病が流行るもの。師匠の体が心配だった。

「気にしたってしょうがないですよ。人様の事情には、むやみに首を突っ込むものじゃありません」

これは先日の、浅草行脚に対する当てこすりだ。

母や姉に告げ口をせぬ代わり、二度とあんな無茶はしないようにと釘を刺された。浅草なんていう繁華な町でおりんを見失ったら大変なことになると、お種は気が気じゃなかったという。それについては申し訳なかったと思っている。

浅草まで出張って行って分かったことは、藤治郎にも再縁の話が持ち上がっているらしいということくらい。おまさへの言伝は、けっきょく伝えられぬままだ。伝えようと思ったら嘘までついて柏屋に行ったわけから説明しなければならず、そこまで開き直れるほどおりんは心の臓が強くなかった。

帰りは両国の三味線屋に寄って辻褄合わせに胴掛けを買って帰ろうと思っていたのに、そんな余裕もなくしていた。あんまり気に入ったのがなかったと言うと、なんのために遠出をしたのよとお松に呆れられてしまった。

「それと病はまた別ものでしょう」

おりんだって反省はしているが、口やかましく言われると素直になれない。唇を尖らせて、小さく負け惜しみを呟いた。

次の稽古の日までには、師匠の風邪は治っているだろうか。

おまさの耳に入るかと思うと、家では『黒髪』を練習しづらい。少なくとも、稽古につき合ってほしいと頼むことはなくなった。

なるべく早く今の曲を終えて、次へと進みたいところである。だが師匠の体調が戻らぬかぎりは、同じ所で足踏みだ。

早く元気になってくれますように。おりんは自分のためにも、師匠の健康を心から祈った。

瓢屋は海鼠壁（なまこかべ）の網目も美しい、土蔵造りの二階屋である。瓢箪を模った大きな看板は、遠くからでもよく目立つ。

雨のせいで客足が鈍く、駕籠舁きの若い衆たちは暇を持て余しているようだ。

「東ィ〜、新三海（しんざうみ）〜。西ィ〜、辰之山〜」と、行司の真似事をする声が通りにまで響いている。

「見合って見合ってぇ〜。待ったなし！」

とたんにワッと、男たちが沸く。店の土間で相撲が始まっているのである。

んもう、なにをしているんだか。

客が来ないのなら、座ってお喋りでもしていればいいものを。若く健康な駕籠舁きたちは、いつだって体力が有り余っている。

呼び出しがあればすぐ飛び出さなければいけないから、瓢屋の入り口には戸が入っていない。暖簾を潜れば十二畳ほどの広い土間があり、そこに出番を待つ駕籠がずらりと並べられている。

店が抱えている若い衆は、だいたいいつも十六人ほど。相撲見物の歓声の大きさからすると、その半数近くが店に居残っているようだ。

一階は若い衆が寛ぐ溜まりと帳場、それから住み込みの者が寝起きする部屋があるだけで、おりんたちが暮らすのは二階である。表から入ると「お嬢、このごろちったぁ娘らしくなったんじゃありませんか」などと絡まれるに違いないから、勝手口から入ることにした。

瓢屋の右隣は、裏店へと続く路地となっている。道幅が狭いので、傘は少し窄(すぼ)めなければ通れない。路地木戸を抜け、海鼠壁に沿って裏へ回ろうとしていたら、水溜まりを撥ね上げる誰かの足音が追いかけてきた。

「ねぇ、あなた。ここの子なの？」

勝ち気そうな、女の子の声だった。振り返ると、おりんと同じ年頃の少女が立っていた。

大きな吊り目と、引き締まった口元が印象に残る。着物は縞お召、髪を娘島田に結っており、どこぞの商家の子であることは明白だった。

傘はあるが、足元はぐっしょりと濡れている。雨降る中を、ずいぶん長いこと出歩いていたようである。

「なにかご用で？」

お種が警戒し、おりんとの間に立ちはだかる。造りのしっかりした三味線箱を抱えているため、いつもより凄みが増している。

それでも少女は怯まなかった。

「用があるから呼び止めたんでしょう」と、言い返してくる。懐をまさぐって、取り出したのは一通の文だった。

あらやだ、またもの好きが増えたのかしら。

瓢屋の若い衆は、町の女によくもてる。特にさっき相撲を取っていた新三海こと新三郎（しんざぶろう）は、すっきりとした眼差しの中に色気を感じるなどと囁かれていた。

見た目はどうあれ、中身は十歳の男の子と変わらないのに。

そこがまた可愛いのよと、菓子屋のお杏ちゃんはおませなことを言っていたっけ。

おりんには、さっぱり気持ちが分からない。

「悪いですが、そういうのはちょっと」

おりんがなにか言う前に、お種が先回りをして断った。

少女はなおも、手紙を突き出してくる。

「おまささんに渡してほしいの」

「姉さんに？」

意外に思い、つい声を発してしまった。

少女はつけ入る隙を見つけたとばかりに、お種の肩越しに腕を伸ばしてきた。

「そうよ、お願い」

必死の形相に押され、鼻先で揺れる手紙を受け取る。雨に濡れないよう、油紙で丁寧に包まれていた。

「あなたのお名前は？」

「それを渡してくれたら、おまささんには分かるわ。お願いだから、ちゃんと渡して。捨てたりしたら承知しないから！」

とても頼み事をしているとは思えない態度で、少女はおりんに人差し指を突きつけてきた。呆気に取られているうちに、「じゃ、頼んだわよ！」と身を翻す。

ぱしゃぱしゃと水を撥ね上げながら遠ざかってゆく後ろ姿を、呼び止める暇もなかった。

「どうするんですか、それ」

むやみなものを受け取るんじゃありませんよと、お種が呆れた顔をする。

どうするのかと聞かれても、今さら突き返せるわけもなし。

「おまさ姉さんに、渡してみるしかないでしょう」

おまさに宛てられた手紙なら、その取り扱いを決めるのもおまさである。

お種に眉をひそめられながら、おりんは手紙をひとまず自分の懐に仕舞い込んだ。

第四章　俎上の魚

一

客の呻る声に合わせ、トンテンツンと三味線を弾く。

唄とは呼べない、ひどいものだ。そもそも声がよくないし、音も調子も外れっぱなし。つい師匠の顔になって「さっきのくだりをもう一回」とやりたくなってしまうが、今はお座敷を受け持つ芸者だ。客を心地よくさせるのが仕事である。

相手の呼吸を読みながら、元の曲とはかけ離れた節回しで三味線を弾く。敵娼にとってはいつものことらしく、すまなそうに目配せを寄越してきた。下手の横好きというやつである。

奇妙な唄を廊下にまで響かせておいて、客はすっきりした顔で歌い終えた。敵娼の娼妓とその下につく新造が、「お上手」とお愛想で手を叩く。

「ふむ、お前さんの三味線はいいねぇ。こんなに伸び伸びと歌えたのははじめてだ。ほれ、取っておきなさい」

五十がらみの、人のよさそうな旦那である。唄が下手なことを除けば、気前のよい客だ。市松はすっとにじり寄り、「ありがとうございます」と紙に包まれた祝儀を受け取った。

虎屋という妓楼の、二階座敷である。隣の部屋とは唐紙（からかみ）で仕切られているだけなので、よその宴席の唄や三味線まで聞こえてくる。この旦那の喉には、隣近所も閉口したことであろう。

相手をあんまり、持ち上げすぎてはいけない。「よし、じゃあもう一曲」と旦那が勢いづいてしまい、妓（おんな）が慌てた。そのときちょうど廊下から市松に声がかかり、救われたとばかりに胸を撫でる。

「失礼、迎えが来ちまったようで」

「そうかい、ならばお直しといこう」

お蝶が身を置く、芸者置屋からの迎えである。一つのお座敷は、線香が三本燃え尽きるまで。延長したければお直しとなる。

これはまずい。娼妓は焦った様子で自分の客にしなだれかかった。

「んまぁ、憎い。アタシは早くお前さんと二人になりたいってのに。月弥さんがあんまり美しいもんだから、目移りしちまったんでしょう」

そう言って、客の胸元を人差し指でくすぐる。軽く傾げた首筋から、女の色香が匂い立つようだった。

「おやおや、なにをお言いだい。私にはお前だけと、いつも言っているだろう」

敵娼にやきもちを焼かれれば、客も悪い気はしない。愛しい女の肩を抱き寄せ、甘い言葉を囁きはじめる。

さぁ今のうちにと、妓が目で訴えてきた。

「では、アタシはこれにて」

市松は込み上げてくる笑いを噛み殺し、静々と畳に手をついた。

天麩羅（てんぷら）に刺身の盛り合わせ、炒り鶏、野菜の炊き合わせ、それから汁粉などの甘い物。豪華な料理を載せた台の物を、下働きの中（なか）どんが運んでゆく。

客と戯れつつ本部屋へと向かう娼妓や、宴席へと案内される客で賑わう廊下に出て、市松はふうと衿元を寛げた。

虎屋に出入りするようになって、今日で三日目。久方振りの宴席は、やはり疲れる。

もっとも以前は、身を売る側だったけどねぇ。

そのせいなのか、娼妓たちには妙に肩入れをしてしまう。無理に飲まされている若い妓を見れば代わりに杯を干してやり、郭のしきたりを知らぬ横暴な客はそれとなく躾けてやった。すでに幾人かの娼妓からは、「姉さん」と親しまれるようになっている。

月弥の名で呼ばれるのも、久し振りだった。

「悪い風邪」で寝込んでしまったお蝶の代わりを務めましょうと申し出て、置屋からも受け入れられた。その際に源氏名はどうするかと問われ、とっさに口をついて出たのが昔の名だ。

とっくに捨てた名前だったのにね。

この名で過ごした五年間は決していい思い出ではないけれど、辛いばかりでもなかったと今にして思う。江戸前寿司の味を知ったり、客に芝居小屋へ連れて行ってもらったり、屋形船で大川の入り江まで漕ぎ出して海の広さに驚いたり。案外笑いながら、日々を過ごしていたものだ。

ここの妓たちもそうなのだろう。辛い勤めではあるけれど、小さなことを笑い喜び、命を明日へと繋げている。年季が明けて自由になれる者は、ほんのひと握り。そう分かっていても、命が尽きるその日までは生きなきゃいけない。

郭を出られたところで、生きてく術もないんだからねぇ。

どこまで行っても、出口のないどん詰まり。そんな地獄の中でも、人はきっと笑えるのだ。

「ねぇ、月弥さんといったっけ」

呼びかけられて、市松は面を上げる。物思いに耽っていたせいで、目元に憂いが滲んでいたのかもしれない。呼びかけた相手がハッと息を呑み、頬を赤らめた。

縞縮緬の小袖を着た芸者である。あちらもお座敷を上がったところらしく、三味線箱を抱えていた。

「アンタ、胡蝶の姉弟子なんだって？」

胡蝶はお蝶の源氏名だ。あの子が過去に、なにか迷惑をかけたことがあるのかもしれない。身構えながら、市松は「ええ」と頷く。

「ひとつ聞きたいんだけどさ」

そう言って、女はずずいと顔を寄せてきた。肉厚な唇が眼前に迫る。白粉で隠してはいるものの、肌には吹き出物が多かった。

「化粧水、なに使ってるの？」

「えっ」

てっきりお蝶のことで言いがかりをつけられるものと覚悟していたから、気が抜けた。

「いきなりごめんね。アンタをひと目見たときから、なんて綺麗なんだろうと思ってたんだ。肌なんかもう、毛穴すらないじゃないか」

「いや、あるよ」

「こんなに近づいてもちっとも見えない。瀬戸物みたいだよ」

市松は己の頬をつるりと撫でる。自分が美しいことはよく知っているが、ここまで遠慮なく近づいてくる女も珍しい。

「家で作ってるへちま水を、ただ塗ってるだけだけどねぇ」

「へちまかぁ。やっぱり植えたほうがいいのかい」

「たくさん採れるよ。へちま水は放っておいても腐らないしね。特に白粉を塗る前に使うと化粧乗りが違うよ」

「そうなんだ。なら植えてみようかな」

この女は吹き出物が出やすい肌に、長年悩まされてきたのだろう。そこは男でありながら、女のうちにもいやしない美しい女を目指してきた市松である。美しくなる術ならいくらでも知っている。

「あとね、白粉はそんなに分厚く塗らないほうがいい。塗り重ねる前に、いったん綺麗に拭うのさ」

「それはちょっと、もったいなくないかい？」

「もったいなくてもそうするのさ。薄く塗り重ねたほうが、肌に艶が出るからね」

「そうなのかい。知らなかったよ」

美容について女と語り合うのは、思いのほか楽しかった。考えてみれば市松の周りには、同輩と呼べる者がいない。芸者のなりをしていると、無駄話にも花が咲く。下に迎えが来ていることも忘れ、つい話し込んでしまった。

「おい女、邪魔だ」

虎屋の回廊は中庭をぐるりと囲み、ロの字形に巡っている。曲がり角から三人連れの客が現れ、ぞんざいな口を利いてきた。

なにさ、偉そうに。もっとマシな言いかたがあるだろうにさ。

心の中の般若(はんにゃ)を抑え、市松はにっこりと微笑み返す。

「あら、すみません」

脇へよけてやると男たちは、居丈高に足を踏み鳴らして通り過ぎてゆく。どうせ連れ小便に出た帰りだろうに、なにを威張っているのだか。彼らが座敷の一室に姿を消したのを見て、無駄話の相手が「やだねぇ」と鼻柱に皺を寄せた。

「あの人たち、今日江戸に着いたらしいんだけどね。女も台の物もいらないって、男ばかりで話し込んでるみたいよ。金もないのに、態度ばかりはご立派」

「へぇ、なるほどね」

市松は、男たちが入っていった部屋を見返る。遊郭で礼儀もわきまえずに威張っているのは、たいがい地方の侍だ。先ほどの男たちは郭の定めにも従わず、腰に大小を帯びていた。言葉も微妙に、江戸の響きではなかったようだ。

今はおそらく、宵五つごろ。江戸屋敷に詰める勤番武士ならば、暮れ六つが門限である。こんな刻限に、遊び歩けるはずがなかった。

ならば、浪士か。

このご時世にいずこの者とも知れぬ浪士たちが、妓楼の一室に額を集めている。となれば、不穏な気配しか感じられない。

近いうちに、なにか起こるのかもしれないねぇ。

そのことは、頭の片隅に書き留めておくとしよう。

「やだごめんよ。すっかり話し込んじまったね」

「いいや、お互い様さ」

あまり長く油を売ってもいられない。芸者二人で連れ立って、裏梯子（うらばしご）を下りてゆく。その途中で、後ろから追いかけてきた中どんに呼び止められた。

「あの、月弥さん。体が空いてるならぜひうちの座敷にと、お客様がお呼びです」

はて、昨日か一昨日についた客か。それとも廊下でたまたま見かけて、あれを呼べとなったのか。どちらにせよ、虎屋に留まれるのならありがたい。

「すごいね、もう名指しの仕事が入るなんて」

実のところ、名指しがなかったのは初日だけ。芸者の月弥の名は、じわじわと広まっている。置屋のおかみさんからも、お蝶の代わりと言わず長く勤めてくれないかと誘われていた。

だが目的は、売れっ子芸者になることではない。

そろそろ、目当ての魚を釣り上げないとね。

市松はつかの間の同輩に微笑みかけて、「じゃ、失礼しますね」と別れを告げた。

三日目の夜も、そろそろ終わろうとしている。

次々にお座敷がかかり、あっちの部屋からこっちの部屋へと飛び回ったものの、目当ての魚とは出会えなかった。

顔馴染みになった娼妓にそれとなく聞いてみると、楓屋の巳之助はここ数日姿を現していないという。入り浸りと聞いていたのに話が違うじゃないかと、市松は留守を任せている捨吉を恨んだ。

引け四つ（午前零時）になれば見世の大戸が締まり、張見世(はりみせ)で売れ残っていた娼妓もそれぞれの部屋へと引き上げてゆく。その前に台の物が片づけられ、芸者たちは帰路につく。

市松もまた帰り支度をして、三味線箱を抱えて階下に向かった。娼妓が客をもてなすのは二階のみ。一階には台所や風呂、楼主が控えている内所、それから部屋持ちではない娼妓の雑魚寝(ざこね)部屋などがあるようだ。

玄関へと続く広い土間の左手に、娼妓が居並ぶ張見世が設けられている。今夜も一人二人は売れ残りが出たらしい。客がつかなければ見世が始まる暮れ六つからずっと、ここに座りっぱなしとなる。

それはさぞかし辛かろう。陰間には張見世などはなく、見せ物のように並べられずに済んだのは幸いだった。

「お疲れ様です」

土間で待っていた置屋の迎えが、市松を見てかしこまる。これが呆れたことに、お蝶と褥(しとね)を共にしていた男なのである。そうと知ってすぐ、「身近なところに手を出すんじゃないよ」とお蝶を叱りつけてやったものだ。

迎えの男に三味線箱を託し、下足番が出してくれた下駄を履く。とそこへ表にいた呼び込みが、一人の客を伴ってきた。

「いやぁ、若旦那。このところちっとばかりお見限りじゃございませんでしたか。敵娼が寂しがってやしたぜ」

　夜も更けてからやっと、得意客が顔を出したらしい。市松はなにげなくそちらを見て、ああこいつだと確信した。

　妓楼の常連になるには、まだ若すぎる風貌である。体の肉づきにも貫禄がなく、首など若竹のように細かった。それなのに精一杯背伸びをして、高価な唐桟の小袖など着ているのだから笑ってしまう。

「楓屋の若旦那のお越しだよ」

　呼び込みが奥に向かって声を張り上げる。間違いない、この若者が巳之助だ。

　市松は「あっ」と声を上げ、下駄によろめくふりをした。

　巳之助がこちらに顔を向ける。はっきりと、目と目が合ったのが分かった。

　みっともないところを見られてしまったと恥じるように、市松はふわりと微笑みかける。そのとたん、巳之助の体は土間に釘づけとなった。

「あれっ、どうなすったんです若旦那。上がりませんので？」

　呼び込みの狼狽える声を聞きながら、市松は迎えを従え去ってゆく。下手に声などかけずともよい。魚はすでに、針にかかった。

我に返れば巳之助は、さっきの芸者は誰だと見世の者に尋ねるだろう。

そうなればもう、こっちのものだ。

二

思わず「あれっ?」と声が出た。

子持縞の木綿に身を包んだ女の子が、おまさに促されて畳に手をつく。形のよい桜色の爪と、白い手指。これまで水仕事などしたことがないのだと、ちょっと見ただけですぐに分かる。

今朝になって唐突に、新しい女中が入ると聞かされた。奉公人が入れ替わる出替わりの時期でもないのに、急なことだ。どうしたのだろうと、不思議に思ってはいたのだが。

再び面を上げた新入りを、目を凝らしてじっと見つめる。勝ち気そうな大きな吊り目と、きゅっと引き締まった口元。見間違いではなく、やっぱりあの女の子だ。

見忘れるはずがない。おまさに渡してほしいと手紙を受け取ったのは、ほんの三日前の出来事だ。言われたとおり、おりんはそれをおまさに手渡した。

「誰から？」と聞かれても、「分からない」としか答えられない。顔の特徴を伝えても、おまさにはぴんとこなかったようである。

訝しげに手紙を受け取り、おまさはおりんのいる前で読みはじめた。その顔が、さっと固くなるのが分かった。

なにか、よくない知らせだったのだろうか。おまさは手紙を読み終えると慌ただしく立ち上がり、母のお松が寝ている部屋へと駆け込んだ。そのまま中でしばらく問答し、出てきたと思ったら、すぐに筆を執って手紙を何通か書き送っていた。

そうしてやって来たのが、この少女である。部屋に染みついたもぐさのにおいが嫌なのか、うつむいて息を詰めているのが分かった。

「初(はつ)対面なのに、こんな格好で悪いわね」

相変わらず不調を訴えているお松は、布団に身を起こして少女を迎えた。それでも目が回るらしく、おりんが背中を支えてやっている。

「お蓮(れん)さんと言ったわね。この子は一番下の娘でおりん。名前の響きが似ているでしょう」

お互いに十三で、歳まで同じなのだという。おりんは控えめに、目だけで挨拶をした。

「それからこっちは二番目の娘でおゆか。本の虫だから、いつも静かにしているわ」

名を呼ばれ、おゆかも軽く頭を下げる。顔合わせとあって今は本を開いていないが、懐から黄表紙の角が覗いている。この姉は、元々口数があまり多くない。

「このたびは、大変だったわね。無理をせず、少しずつ慣れていってちょうだい」

瓢屋の女主人として、奥向きを取り仕切るのはお松の役目だ。女中の差配はもちろんのこと。お蓮はもう一度礼をして、「よろしくお願いいたします」と歯切れよく応じた。

事情を聞いてみれば、なんでもおまさが浅草にいたときに、世話になった小間物屋の娘なのだという。父親を早くに亡くし、母親がお蓮を育てながら店を切り盛りしていたが、その母も病を得てはかなくなってしまった。頼れそうな身内は誰もおらず、やむなくおまさを頼ってきたというわけだった。

だから手紙を託してきたとき、あんなに必死だったのね。

おりんは同い歳の女の子に、心からの同情を寄せた。おっ母さんを亡くしたばかりで辛かろうに、気丈に振る舞っているところも健気である。

うんと親切にしてやらなきゃ。と、おりんは真っ直ぐな心に誓った。

「おっ母さん、無理を聞いてくれてありがとう」

おまさもまた、実の母親に向かって丁寧に頭を下げる。彼女の性格と今の立場では、親に頼みごとをするのは憚られることだったに違いない。しかも瓢屋では、女中の数は足りている。それでもお蓮を助けてやりたくて、「お願いします」と頼み込んだようだった。

「いいんだよ。アタシがあなたにしてやれることなんて、このくらいしかないんだもの」

そう言いながら、お松の瞳はまた潤みはじめている。もうやめてあげてよと、おりんのほうがうんざりしてしまう。

おまさはそんな母の態度を、しょうがないと諦めているのだろうか。寂しげにちょっと微笑んだだけで、お蓮を促して立ち上がった。

「いらっしゃい。家の中を案内するわ」

不慣れなお蓮には、しばらくおまさの身の回りのことだけをさせるという。手厚すぎる待遇だが、お松がそれでいいと認めたのだ。人に仕えたことのないお嬢さんだからと、手心が加えられたのだろう。

おまさに連れられて、お蓮が部屋を後にする。その前におりんに向かって肩越しに、軽く微笑みかけたようだった。

ぴょんぴょんと、廊下の端を蠅取蜘蛛(はえとりぐも)が跳ねてゆく。

あんまり手脚が長くて大きい蜘蛛は恐ろしいが、これなら平気だ。おりんはそいつを、しっかと手で捕まえた。

指の間から出てこないよう、隙間を作らず両手を合わせる。八本の脚に手のひらを弱々しく引っ掻かれながら、おりんは物干し台のある六畳間へと急ぐ。

父が家にいればたいていその部屋で書き物などをして過ごしているが、今は得意先に呼ばれて出かけている。兄を伴って行ったので、いつも寝起きしている二階がやけに広々と感じられた。

雲雀の鳥籠は、窓際に据えられている。いつもは粟(あわ)や稗(ひえ)を与えているのだが、それだけでは物足りなかろうと、小虫を見つけてはせっせと運んでやっていた。

「ほら、お食べ」と、蜘蛛を籠に入れてやる。だが竹細工の籠の隙間は蜘蛛の体よりも大きくて、雲雀が気づくまえにぴょんと飛び出てきてしまう。

「ああ、もう」

おりんは再び蜘蛛を捕まえる。羽づくろいをしていた雲雀が、ようやくなにごとかと顔を上げた。

「遅いのよ」

言葉が通じないと分かっていても、小言が洩れる。つぶらな瞳をして首を傾げる雲雀は愛くるしい。もう逃がさないでよねと籠の戸を開けたところへ、「なにしてるの？」と声をかけられた。

いつの間に来たのか、お蓮がすぐ後ろに立っていた。手が塞がっていたので、部屋の障子は開けたままだ。たまたま廊下を通りかかり、大きな鳥籠に惹かれて入ってきたのだろう。

「ご飯をあげているの」

答えると、お蓮が顔を寄せてきた。

おりんは手の中でじたばたともがく蜘蛛を、雲雀の足元に落としてやる。その小さな体を、鋭い嘴が今度こそ過たずに捕らえた。

「ヒッ！」

お蓮が引き攣るような悲鳴を洩らす。嘴に挟まれた蜘蛛はなおもじたばたと脚をうごめかせていたが、次の動作で雲雀の口の中へと消えてしまった。

「なんてものを食べさせるのよ！」

「鳥だもの。虫くらい食べるわよ」

雲雀も喜んで冠羽を逆立てているのに、責められるのは心外だ。おりんは鳥籠から手を抜いて、しっかりと戸を閉める。

お蓮はまだ気味が悪いと顔をしかめている。怖い物見たさなのか、それでも小鳥からは目を離さない。

「これ、なんて鳥？」

「雲雀よ。春になると鳴きながら空高くを飛んでいるでしょう」

「ああ、あれ。案外地味な見た目なのね」

雲雀の羽は茶色と黒のまだら模様で、腹が白い。声の美しさは万人の知るところだが、この見た目ゆえ地上にいるとまるで目立たない。お蓮が着せられている木綿の着物も似たような色をしており、もしかすると彼女は自分自身を嘲笑（あざわら）ったのかもしれなかった。

「どうしてこんなに、籠の背が高いの？」

お蓮は興味のおもむくままに問うてくる。

鳥籠は父の久兵衛が特別に作らせたものだ。おりんが立つと、目の高さほどもある。それに対して雲雀の体は雀より少し大きい程度なのだから、これは一見無駄に思える。

「雲雀は籠の中でも高く飛んでしまうから、このくらいは必要なのよ」

「止まり木がないのはなぜ？」

「元々、地面に巣を作る鳥だもの。止まり木では休まないの」

だから籠の底に、寝藁を敷いている。糞で汚れるたび、こまめに取り替えてやっていた。

「なぜそこまでして飼うの？」

それは雲雀の声を聴きたいからなのだろうが、だったら春先に河原にでも行って空を見上げていればいいわけだ。手間暇かけて飼う理由にはならない気がして、おりんは肩をすくめた。

「知らないわ。お父つぁんに聞いて」

「ふぅん」

お蓮はそれ以上、問いを重ねてこなかった。

奇妙な間が空いて、おりんは居心地の悪さを感じる。こちらからなにか聞いてやったほうがいいのだろうか。浅草にいたころのおまさと懇意であったなら、柏屋の藤治郎のことも知っているのではないかと思いついた。

「ねぇあなたは、藤治郎さんに会ったことはある？」

だがそう尋ねたとたん、お蓮は蜘蛛を見たときと同じ顔をした。

「やめて。その名前を出さないで」

知っているのだ。しかもあの人のよさそうな男のことを、嫌っているようである。

「どうして？」

「嫌なことを思い出すからよ」

その「嫌なこと」の中身を知りたいのだが、お蓮は前掛けを手で叩きながら立ち上がってしまった。

「ああ、やだやだ。せっかく手紙のお礼を言おうと思ってたのに」

そう、それで機会を窺ってたのね。

だからこその、質問責めだったことは分かった。でもその言いかたは癪に障る。

おりんはむっとして言い返した。

「さっきから思ってたんだけど、もう少し言葉を選んだらどう？　あなたはもう、うちの女中なんでしょう」

お種だってずけずけとものを言う性質だけど、ここまでひどくはない。それにお種はおりんが幼いころからのつき合いだから、多少口やかましくたっていいのだ。

一方のお蓮は今日からの勤めだし、おまさの慈悲に縋ってここに来たんじゃなかったのか。ならばもっと殊勝ぶってもいいのに、この態度。親切にしてやろうという誓いも吹き飛ぶほど横柄だ。

これでは奉公など務まるはずがない。そう思って忠告してやったのに、お蓮はあろうことか鼻で笑った。

「なによ、偉そうに」

おりんは驚きのあまり目を丸くする。なにを言われたのか、すぐには理解できなかった。

「なんですって、あたしのどこが」

「たまたまお金と良心のある家に生まれて、親の脛を齧ってるだけでしょ。アンタ自身はちっとも偉くないんだから、偉そうと言ったまでよ」

自分では口が達者なほうだと思っていたけど、お蓮はその上を行っている。とっさに言い返せなかったのは、まさにその通りだったからだ。

おりんが身に着けている着物も帯も、簪の一本でさえ己で手に入れたものはなく、買い与えられたものだった。いずれ三味線で身を立てるつもりでいると言ったって、稽古の費用を出しているのもけっきょくは親だ。なに不自由なく育ててもらい、でも嫁に行くのは嫌だと言って、親に習わしてもらった三味線にすがろうとしている。考えてみれば、我儘勝手な話である。

「アンタに褒めるべきところがあるとすれば、運がいいってことね。優しいおっ母さんや姉さんたちがいて、ぬくぬくと育ってきたんだわ。世の中には子の幸せなんか考えもしない、鬼のような親だっているのに」

お蓮の言うとおり、おりんは恵まれているのだろう。そんなことは指摘されるまでもなく分かっている。でもどんな境遇であれ人には悩みがあるものだし、外からは計り知れない事情だってある。

なにも知らないくせにと、胸がもやもやする。この子はきっと、おりんのことが羨ましいのだ。

「あのね、おっ母さんが死んじゃったことには同情するわ。だけど昨日今日会ったばかりのあなたに、なぜそこまで言われなきゃいけないの」

親を亡くしたばかりの女の子に、酷なことを言っている。その自覚はあったけれど、唇からほとばしり出る言葉を止めることはできなかった。

傷つけてしまったかもしれないと、言ってから後悔した。けれどもお蓮は、きょとんと首を傾げている。なんのことだか分からないとでもいうふうに。

「ああ、そうね。そうだったわ。忘れてた」

奇妙なことだ。自分の親が死んだことを、片時でも忘れるものだろうか。

一人で納得して頷くお蓮を前にして、おりんはひっそりと眉を寄せる。

「ああ、お蓮ちゃん！」

おまさが慌てた様子で、廊下に姿を現した。軽い運動でもした後のように、息が弾んでいる。お蓮を見つけると、つかつかと六畳間に歩み入ってきた。

「ここにいたのね。探したじゃない」

どうやらお蓮は厠に立って、そのまま戻ってこなかったらしい。「勝手はしないで」と、やんわり窘められている。

「さ、戻りましょ」

お蓮の手を引き、おまさはその背中を押した。

なにをそんなに、焦っているのだろう。そういえばさっきの顔合わせでも、挨拶が済むとお蓮を連れてさっさと引き上げた。まるで家族の者から、この子を遠ざけんとするかのように。

「おまさ姉さん」

そんなおまさを、おりんは後先も考えずに呼び止めた。

「なぁに」と振り返ったおまさは、顔に貼りつけたような笑みを浮かべている。

やっぱり、変なの。

この二人の間には、なにかある。かつて世話になった人の娘という間柄以外の、なにかが。

「あのね、お蓮はこのあたりに詳しくないだろうから、お種をつけて外に出してやってはどうかと思うんだけど」

「そうね。もう少し慣れたらね」

「もう少しって、どのくらい？」

問い返すと、おまさはにっこりと笑みを深くした。

そのままなにも返さずに、部屋を出てゆく。

お蓮の後ろ姿を隠さんとするように、おまさはぴたりとその背後についていた。

三

「きゃっ！」と女の悲鳴が上がる。

市松の三味線に合わせ、踊れもせぬのに手足をくねくねと動かしていた客が、膳の上の燗徳利（かんどくり）を蹴倒したのだ。

よりにもよって、徳利は娼妓の膝に向かって倒れた。大事な商売道具の仕掛けが酒に濡れたとあっては、批難の声を上げたくなるのも道理である。

「あらまぁ大変」

市松は三味線を置き、まごまごしている新造に言いつけて布巾を持ってこさせる。

「ちょいと失礼」とにじり寄り、娼妓が着ている仕掛けの表と裏から乾いた布巾を押し当てた。

これだけでは、後からシミが浮き出てしまう。洗い張りをすれば取れるだろうが、そのかかりも娼妓の借金となる。

文字通り身を削るようにして働いても、着物だ帯だ簪だと娼妓に必要なものは多く、見世への借金はなかなか減らない。そんな事情を知ってか知らずか、客の男は不満そうに手を叩いた。

「おいおい、月弥。せっかくいい心持ちだったのに、三味線を止めるんじゃねぇよ」

腫れぼったい目をした若すぎる男は、楓屋の巳之助である。

昨日からの居続けらしく、唐桟の小袖を着たきりだ。巳之助の着物にしては腕が出すぎているので、おそらく父親のを勝手に拝借してきたのだろう。

それにしても楓屋程度の大きさの店で、高価な舶来物の唐桟は贅沢すぎる。父親もよっぽど金遣いが荒く見栄っ張りだということが、この一点からも推察できた。

巳之助の敵娼は、お貴といったか。齢十七の客に合わせ、この妓もずいぶん若い。おそらく、十六かそこらだろう。

ゆえにまだ、人が練れていない。すまなそうな素振りもなく、芸者ばかりを気にかける客をキッと睨む。

「なに言ってんのさ。アンタのせいでこうなってるんじゃないか」

鼻先も顔も丸っこい、愛らしい妓だ。どうやら見た目よりも、気が強い。

「なんだてめぇ、客に向かってその口の利きかたは」

巳之助は巳之助で、喧嘩っ早い。遊里ではたいてい見世の若い衆が、客と相性のよさそうな敵娼を選ぶもの。この男にはもっと歳上の、世のいろはを叩き込めるような妓をつけるべきではなかったかと思う。

「さっきのは、巳之助さんがいけませんよ。大事な仕掛けを汚しちまったなら謝って、もっといいのを買ってやるのが粋な旦那のたしなみってもんじゃありません歳上の女らしく、市松が代わりに窘める。そのついでに、艶然と微笑むことも忘れない。

巳之助はうっとりと目を細めてから、鼻の下を伸ばして擦り寄ってきた。

「よし、じゃあ買ってやるぞ。月弥にも買ってやろう。どういうのがいい？」

そんな金が、どこにあるんだか。

内心呆れながらも、市松は「あら嬉しい」としなを作る。

この見世で巳之助は、「金ならいくらでもある」と触れ回っているようだ。本家の跡取りになることが決まっていると吹聴し、つけで遊び呆けている。

見世のほうでも商い上のつき合いがあり、楓屋と柏屋の内情はある程度摑んでいるのだろう。普通ならこんな若輩者をのさばらせたりはしないだろうに、掛け取りができると踏んで特別に許しているらしい。

豪勢なことに、市松のことも暮れ六つからの通しで席に呼んでいる。こちらの読みどおり巳之助は「あの芸者は誰だ」と見世の者に聞き、さっそく手配したらしかった。

自分で稼いだ金でもないのに、湯水のように使うこと。あてにしているのは親の金ですらなく、従兄（いとこ）の金だ。そりゃあ柏屋のほうでも、養子に迎えるのは御免被りたいわけである。

それにしてもおまさの離縁で、養子の話はいったん白紙に返ったはず。巳之助にはまだ知らされていないのか、それとも他に策があるのだろうか。

思惑を探るべく鋭い目を向けると、巳之助は鼻息も荒く顔を近づけてきた。

「ところで月弥、なんだってお前はその白く美しい首に、布なんざ巻いてやがるんだ？」

躊躇（ためら）うことなく、首元に手を伸ばしてくる。触れられる前に市松は、こちらから手を握り返してやった。

「勘弁してください。人様にお見せしたいものじゃないんですよ」

「なにを隠しているんだい」

市松は己の首元をそっと撫でる。この布については、もっともらしい言い訳を考える必要などない。視線を落として憂い顔を作り、物思わしげにこう呟けばいいのだ。

「昔、ちょっとね」

これだけで、相手は勝手に想像を逞しくしてくれる。そのせいで市松の弟子の間でも、様々に憶測が飛び交っているようだった。

「そうか。しつこく聞いちまって悪いな」

巳之助もまた、市松の術中に嵌まって身を引いた。しかし繋いだ手だけは離そうとしなかった。

「華奢なようでいて、案外手は大きいんだな」

「三味線を弾きますもので」

「音曲をたしなむ手か。それも悪くねぇな」

「どうか離しておくれよ」

「さて、どうしようか」

市松がそう仕向けたせいだが、巳之助はもはや骨抜きだ。この魚は、いかようにも料理できる。

巳之助は情欲、市松は計略、互いにねっとりとした視線を絡み合わせる。

蚊帳の外に置かれていたお貴が、ついに辛抱たまらず立ち上がった。

「失礼。仕掛けを着替えてきます！」

丸い鼻をつんとそびやかし、衣擦れの音をさせて身を翻す。

悋気を見せれば巳之助も、慌てふためくと思ったのだろう。だが逆に、ひらひらと手を振り返されてしまった。

「ああ、ゆっくりしてこいよ」

分かりやすい女である。顔が首元からじわりと染まってゆき、肩越しに市松をキッと睨みつけてきた。

すまないねぇ。

宴席に呼ばれた芸者の務めは、客と娼妓の間を取り持ち、盛り上げること。自分が前に出すぎてはいけないし、客に惚れられるなどもってのほか。娼妓は色を、芸者は芸を、互いに売るべきものが違うのだ。

他の席では市松も、分をわきまえた振る舞いに徹していた。けれども巳之助には、ぜひとも惚れてもらわなくちゃならない。

そのせいでお貴には、ずいぶん情けない思いをさせているはずだった。

憤然と廊下に出たお貴の、上草履（うわぞうり）の音が遠ざかってゆく。後を追うべきか名代として残るべきかと迷っている新造を、市松は「行ってやりな」と促した。

宴席に、芸者と客だけが残される。二人きりになったとたん、巳之助がぐいと肩を引き寄せてきた。

「嫌ですよ、こんなところで」

この程度は慣れたもの。市松はするりと身をかわす。

「どこならいいんだよ」

せっかちな問いかけにも、「うふふ」と含みを持たせて微笑んだ。

男にはいつだって、想像の余地を残してやる。そうすれば都合のよい解釈をして、一人で燃え上がってくれるものだ。

巳之助は「ちくしょう」と、焦れて首の後ろを掻いた。

「お前に出会ったせいで俺は、運命ってものを信じたくなっちまったよ」

下手な口説き文句である。当人が自分に酔っているせいで、よけいにお寒く聞こえてしまう。

彼は俎上に載せられてしまった魚。市松は唄うような声で忠告する。

「だったら気をつけたほうがいい。アタシはただそこにいるだけで、人の運命を狂わせちまいますからね」

　お貴はなかなか戻ってこなかった。

　巳之助は市松の酌でしたたかに飲み、威勢のいいことばかりを喋った。

「お前も芸者なんざよしてさ、俺と一緒になりゃ左団扇ってもんよ。なんたって浅草の柏屋が、ゆくゆくは俺のものになるんだからさ」

「アタシ、浅草は詳しくないんですよ。柏屋ってのはそんなにすごいのかい？」

「すごいなんてもんじゃない。柏屋の名を出しゃ、金だってすんなり借りられるんだ」

　おやおやと、酒を注いでやりながら市松は眉を持ち上げる。よその家の名を騙って金を借りるとは、穏やかじゃない。

「そんなことがばれたら、お父つぁんに叱られるんじゃないの？」

「そうだなぁ、お父つぁんはもっとうまくやるからなぁ。ここだけの話だけどよ、浅草紙ってのは百枚で百文だが、あの紙の束が本当に百枚あるかどうかなんて数える奴はいねぇだろ」

内緒話でもするように顔を寄せてきた相手に、市松は「そうだねぇ」と相槌を返す。酒のせいもあって、巳之助は勢いづいていた。

「だからお父つぁんは、束から紙を五枚ずつ抜いてるんだ。それを二十回も繰り返せば、あら不思議。百文の束がもう一つできるってぇ寸法さ」

そのどこからともなく現れた金は、柏屋に納められることなく巳之助の父の懐に入る。なんともせこいやりかただ。あの覇気のなかった店番の小僧が、本来あるはずのない紙の束を作らされているのかもしれなかった。

「へぇ、そりゃ頭がいいね」

胸が悪くなる話だが、調子を合わせておく。父親の悪巧みを褒められて、巳之助は嬉しそうだった。

どうやらこの親子は、柏屋を蝕む癌らしい。巳之助さえ柏屋へ入れなければいいと思っていたが、いっそのこと楓屋そのものをどうにかするべきではないか。

うん。おまさのためにも、そのほうが安心だ。

楓屋の不正は、帳合すればすぐ分かること。だが役人を巻き込んで利潤を貪っているならともかく、この程度では内々で済まされてしまうだろう。

もっと、あくどいことをしてくれないもんかねぇ。

「柏屋を乗っ取ったら、取り扱う紙の量は桁違いだ。このやりかたなら、うんと儲けられるぜ」

養子じゃなく、乗っ取りと言っちまってるじゃないか。

正直者の巳之助に、市松は苦笑を洩らす。大っぴらに不正をしてもばれないと思っているところが、まだまだ子供だ。どのみちまっとうな商いをする気はないのである。

「さぁ、どうだい。美味しい話だろう。大店のお内儀に納まりたくはねぇか？」

巳之助がそう誘いかけてきたときに、折悪しくお貴が戻ってきた。

まだ若く、衣装もそれほど持っていないのだろう。着替えてきた仕掛けは季節外れの紅葉の柄だ。錦の裾をシュッと捌き、元通り巳之助の隣に落ち着いた。

余裕のあるところを見せようとして、かえって肩に力が入っている。煙草盆を引き寄せて、お貴は「フン」と鼻から息を吐いた。

「お決まりのが出たねぇ。あんまりあてにしちゃいけないよ。この人、アタシにも同じことを言ってるんだから」

煙管に刻みを詰めながら、市松に話しかけてくる。

これには巳之助も顔の色を変えた。

「てめぇ、いい加減なことを言ってんじゃねぇぞ」

「あら、どこがいい加減？　アンタこそ、同じことを一年も言い続けてるんじゃないか。本当は養子縁組の話なんざないんじゃないの？」

「なんだと！」

巳之助が、手にしていた杯を投げた。とっさに腕を上げて防いだからお貴の顔には当たらなかったが、着替えたばかりの仕掛けの袖が存分に酒を吸う。

「なにしてくれんだい！」

「うるせぇ！」

目を吊り上げたお貴の批難に、覆い被せるようにして巳之助は叫んだ。

その眼は血走り、尋常な形相ではない。正面から睨み合ったお貴が、びくりと肩を震わせる。

「嘘じゃねぇ。お父つぁんがもたもたしてるから悪いんだ。はじめっから強引に話を進めてりゃ、こんなことになっちゃいねぇんだ」

巳之助は、唾を飛ばして喚いている。

子に恵まれなかったおまさが柏屋から離縁され、養子縁組の話が白紙に返ったことは、彼の耳にも入っているのだ。でなければ、ここまで荒れるわけがない。

お貴が気を呑まれて呆然としているうちに、巳之助は畳を蹴るようにして立ち上がる。

「ちょいと」

臍(へそ)を曲げてこのまま帰られては困る。呼び止めると巳之助は振り返り、手を差し出してきた。

「厠だ。月弥、手を引いてくれよ。足元が危なくっていけねぇや」

お貴に見せつけるように、甘えてくる。酔いが回り、足元は見事にふらついていた。

「しょうがないねぇ」

市松はお貴に「失礼しますよ」と、目配せをしてから腰を上げる。

こちらに気づかれないように、お貴はうつむいて目元を拭っている。

まったく、どうしようもない男だよ。

近いうちに成敗してやるからさと胸の内で語りかけ、市松は巳之助の手を取った。

「ほらほら、危ないよ。そっちは欄干だよ」

なにが悲しくて、酔っ払いの面倒なんぞ見なければならないのだろう。

市松を落籍した旦那がおっ死んでからは、そんな無益な役目ともおさらばと喜んでいたというのに。

巳之助はわざとのように、右へ左へと千鳥足で歩いている。立ち働く若い衆や他の客にぶつからぬよう、度々手を引っ張ってやらねばならない。

欄干から身を乗り出したときはいっそこのまま突き落としてやろうかと思ったが、直に手を下すのはまずい。しかたなく腰を支えてやると、巳之助はだらしなくもたれかかってきた。

「馬鹿野郎、嘘なんかじゃねぇや。俺ぁ本当に、柏屋の跡取りなんだ」

「はいはい、分かったよ」

立って歩いてみると、思いのほか酔っていたと気づくことがある。巳之助も、一気に酔いが回ったようだ。

こんなに寄りかかられちゃ、小柄な女なら潰れちまうよ。

こちとら体は男だが、それでも重いったらありゃしない。胸乳に手を突っ込まれないよう警戒しながら、「しゃっきり歩きな」と尻を叩いてやる。

吉原の大見世ならば男用の小便器が二階についているらしいが、ここではそうもいかない。手すりに摑まらせ、階段を一段ずつ両足で踏んで下りてゆく。巳之助が足を滑らせて一人で落っこちるぶんにはいいが、道連れにされちゃかなわない。なんとか一階の廊下に足を下ろし、人心地ついた。巳之助はさっそく、明後日の方向へ歩いてゆこうとしている。

「ああもう、そっちじゃないよ」と、首根っこを摑んで引き留めた。

男用の小便所には戸も囲いもないために、近づくにつれ異臭が濃くなってゆく。そこの角を曲がればもう厠だ。中までついて行ってやる義理はなく、市松は足を止めた。

「ほら、ここで待っててあげるから、行っておいで」

「えへへへ。月弥、お前はいい女だなぁ」

「はいはい、分かったから」

背中を押してやると、巳之助はよたよたと歩きだした。危なっかしい足取りだ。案の定、厠から出てきたばかりの客目がけてまっすぐに突っ込んでいった。

「なにしやがんでぇ、てめぇ！」

自分から当たっておいて、逆上してりゃ世話がない。巳之助は自分よりも身丈のある男に詰め寄ってゆく。間の悪いことに、相手は侍だ。腰に大小を帯びている。

「それはこっちの台詞だ。無礼ではないか」

当然ながら侍も、頬の肉を震わせて怒っている。見覚えのある顔だった。

ああ、昨日廊下で行き合った浪士か。

三人連れだったうちの、後方にいた一人だ。また厄介な野郎にぶつかりに行ったもんだと、市松は肩をすくめた。

「なんだと、俺を誰だと思ってやがる」

「よせ、斬るぞ」

「ああ、嫌だ嫌だ。侍だからって威張りやがってよぉ」

酒のせいで、巳之助は気が大きくなっている。相手の鼻先にまで顔を寄せ、次の瞬間には床にすっ転んでいた。

侍が、巳之助の足を払ったのだ。受け身も取れずしたたかに腰を打ったらしく、苦しげな呻き声が聞こえてくる。

放っておくと、腹にもう一発蹴りが入りそうだ。市松はやれやれと進み出た。

「すみませんね、お侍様。そのへんにしてやってくれませんか」

声をかけると侍は顔を上げ、市松の顔をまともに見た。そしてそのまま、目が離せなくなった。

市松もまた、相手を静かに見返した。歳のころは、三十前後といったところ。一本気な眉をしており、思い込んだらまっすぐに突っ走る性質と見受けられた。なかなか悪くない顔だ。

侍が、掠(かす)れた声で尋ねてくる。

「お前は、何者だ」

「月弥と申します。しがない芸者ですよ」

「月――」

中庭は、吹き抜けになっている。侍は欄干に身を寄せて、空を見上げた。目の前に佇む月と、本物の月を見比べようとしたのだろう。

しかし今日は二十六夜。明け方近くまで月は出ない。そうでなくとも分厚い雲に遮られ、星さえも窺えなかった。

市松はまだ呻いている巳之助に手を伸ばし、立たせてやる。痛みで幾分酔いは覚めたようだ。「小用を済ませてきな」と促してやれば、すごすごと厠に入っていった。

侍はフンと鼻を鳴らし、その後ろ姿を見送った。あのような小者にかかずらったところで、意味はないと悟ったらしい。

「あいつは誰だ」

「さるお店の若旦那ですよ」

「お前との間柄を聞いている」

「呼ばれてお座敷を務めているだけです」

「恋仲ではないのだな」

矢継ぎ早の質問に、市松は身をくねらせて笑いだす。実に分かりやすい男だった。

「まさか。芸者が売るのは芸だけですよ。そりゃあ贔屓（ひいき）にしてくださる方も多少はおりますが、アタシの心は誰のものでもありゃしません」

「誰のものでも？」

「ええ、もちろんお前様のものでも」

ピクリと、侍の下の瞼が持ち上がる。だがこの程度の戯れ言で、腹を立てる器ではなかろう。引き締まった頬に、じわりと苦笑が広がってゆく。

「それは手厳しい」

この男はきっと、届かぬ理想に手を伸ばしてしまう性質なのだ。触れなば落ちんという風情より、凜とした女に弱かろう。

その読みは当たっていたらしく、市松に注がれる眼差しになおいっそう熱が籠もる。また惚れられちまったわと、市松は微笑みの裏で舌を出した。

厠の手前で突っ立っている市松と侍を迷惑そうによけて、別の客が中へと入ってゆく。しかし用を足す間もなく、すぐさま「おい」と廊下へ顔を出した。

「誰か、人を呼んどくれ。ずいぶんと若ぇ男が、中で大の字になって倒れてんだよ」

「あらあら」

侍が出てきたとき小便所には誰もいなかったというから、それは巳之助に違いあるまい。なんと手のかかる男だろう。

見世の若い衆が廊下の端にいるのに気づき、市松は「ちょいと、お前さん」と呼び寄せる。こちらの顔はすでに見覚えているらしく、相手は嬉々としてやってきた。

「楓屋の若旦那が、中で伸びてるみたいなんだよ。悪いけどお前さん、引きずってってお貴さんの部屋に戻しておくれでないかい」

「ああ、またあのお人ですか」

決して喜ばしい用事ではないと悟り、若い衆は露骨に顔をしかめる。

柏屋の身代を受け継ぐならばと好きに遊ばせてきたものの、話がいっこうに進まないので、見世のほうでも不審が募っていると見た。加えて巳之助の酒癖の悪さが、疎まれる一因となっている。

しばらく姿を見せていなかったというのは、そのためか。巳之助も馬鹿なりに、居心地の悪さを感じていたのだ。それでも懲りずにやって来て居続けているということは、家にいたくない何事かが起こったのかもしれなかった。

若い衆が同輩を呼び、巳之助を両脇から抱えて引きずってゆく。幸い用を済ませてから倒れたらしく、粗相はしていなかった。

「ついでにアタシの三味線、箱に入れて廊下に出しといてくれるかい」

去ってゆく背中に向かって声をかけると、若い衆が肩越しに振り返って頷いた。

通しで呼ばれてはいるけれど、巳之助があの調子じゃ酒宴を続けることもできない。布団に放り込んでやれば、朝までぐっすり眠り続けることだろう。巳之助に張りついていても、これ以上面白いことが起きる気がしなかった。

「さて、思いがけず体が空いちまった。お侍さんのところじゃどうだい。芸者は足りてるかい？」

流し目をくれながら問うてみる。侍が、ごくりと唾を飲むのが分かった。

だがすぐに、妄執を振り払うように首を振る。

「いいや、今はいい。しかし後日頼みたい」

「後日って、いつさ？」

「明日か、明後日。遅くとも三日後には」

なにをするつもりか知らないが、浪士たちは時が満ちるのを待っているのだ。桜田門のような惨劇が、またもや繰り広げられるのかもしれない。

市松は「へぇ」と目を細める。

「分かりました。楽しみにしておりますよ」

顔も知らぬお偉方が幾人殺されたとて、市松の与り知るところではない。

ただ身分を偽って潜り込んだ妓楼にこういった男たちがいたことに、巡り合わせの妙を感じるのみだった。

四

ぷちりぷちりと、毛抜きで顎の毛を抜いてゆく。

髭はほとんど生えないが、それでも毎朝鏡に映してみなければ気が気じゃない。

生えかけの数本を根こそぎ抜いてから、市松はつるりと顎を撫でた。

唇の上の産毛は分かりやすいが、顎の下は見落としがちである。

「どうだい、お蝶。抜き残しはないかい？」

布団に腹這いになって物憂げに煙草を吹かしていた女が、こちらにちらりと目を走らせてフンと肩をすくめた。

「安心しな。姉さんよりアタシのほうがよっぽど毛深いよ」

　ここ数日化粧をせず、顔も剃っていないから、お蝶の頬には柔らかな産毛が光る。

「ほら」と突き出してきた脛には、女のわりに濃い毛が生えていた。

「ちょっと手入れを怠ると、すぐこれさ。むしろ姉さんが羨ましいよ」

「いいじゃないか。毛の濃い女は情も濃いというよ」

「嬉しかぁないね」

　煙管を打ちつけて煙草盆に吸い殻を落とし、お蝶はぷいとそっぽを向く。突然転がり込んできた姉弟子の頼みを断りきれず、寝泊まりまでさせているのだから、この女は少なくとも情に流されがちではある。

「多少毛が濃くたって、お前さんを男と疑う者はいまいよ。でもアタシの場合はね、ほんの小さなほころびが命取りになるんだ」

「そういうもんかい？」

　身の回りのものが雑多に散らばった、四畳半の部屋である。お蝶が万年床から這い出して、市松の顔に両手を伸ばした。むっちりとした手のひらが、市松の頬や顎を撫でてゆく。

「これっぽっちもチクチクしないよ。綺麗なもんだ」

眉の手入れもおざなりなせいで、邪気なく笑う顔が幼い。寝乱れたその頭を、市松はよしよしと撫でてやる。

紅絹（もみ）の襦袢一枚をゆるりと纏っただけの女体を前にしても、妹弟子に感じる慈愛以上のものは湧いてこない。白い胸乳や肉づきのよい太股が合わせから覗いていても、ドキリともしない己の心を市松は冷静に観察する。

やっぱりアタシには、女を愛することはできないんだろうねぇ。

経験の有無が問題なのではなく、その気がちっとも起こらない。お蝶のことも、虎屋で働く芸者や娼妓のことも、可愛いとは思うがそれだけだ。

かといって男のことも、散々抱かれてはきたけれど、特別な想いを抱いた相手はいなかった。音曲の師匠となってから言い寄ってくる男たちも同様で、金を落とすからこそつき合いが続いているという、ただそれだけ。でなければ顔も合わせたくない男ばかりだ。

おりんに言ったことは大袈裟（おおげさ）ではなく、市松は本当に恋を知らない。それどころか肉体が先走る情欲すらも、身に覚えがないのだった。元からそういう性分だったのか、陰間になってから歪んじまったのか。

ただ分かるのは、自分が人としてどこか欠けているということだけだ。

「恵まれてるねぇ、姉さんは。きっと神様が、いっとう手をかけて作ったに違いないよ。御所人形みたいに、胡粉を綺麗に塗り重ねてさ」

「なるほどね。じゃあきっと念入りに作りすぎて、魂を込め忘れたんだ」

そうだとすれば、納得がいく。市松は胸元に下りてきたお蝶の手を握り込んで、苦く笑った。

「本当だよ。人でなし」

両手を塞がれたお蝶が、胸元に倒れ込んでくる。こちらがうっかり弱音を洩らしても、深刻ぶらないのがこの女のいいところだ。

市松の胸に寄りかかって「馬鹿、馬鹿、馬鹿！」と脚をばたつかせるものだから、襦袢の裾はますます乱れた。

「およし。毛の生えた脛が丸見えだよ」

「鬱憤が溜まってるんだよぅ。暇だったらありゃしない。なんとかしとくれよ」

お蝶が「悪い風邪」にかかってから、今日で五日目。さすがに厭きてきたらしく、拗ねたように口を尖らせている。その唇を、市松は人差し指で押し返してやった。

「なに怒ってんだい。仕事を休める上に金まで入るって、大喜びだったくせに」

無茶な頼みを聞いてもらう代わり、市松が芸者として稼いだ金はすべてお蝶の懐に入れる手筈になっている。その条件に「寝てるだけで金が入るなんて天晴れじゃないか！」と、お蝶は嬉々として飛びついたのだった。

「だぁって、家から一歩も出られないんだもの。もう寝厭きちまったよ」

「仕事にも行けないくらいのひどい風邪なんだから、外をうろついてちゃおかしいだろ」

「男も呼んじゃ駄目って言うし」

「そりゃあ、風邪がうつっちまうからね」

「だったら、姉さんが抱いとくれよぉ」

「なんでそうなるんだよ」

それだけはできないといくら断っても、しつこい女だ。市松は呆れて、お蝶の背中を撫でてやる。今日は暑くなりそうで、襦袢はしっとりと汗を吸っていた。この肉の柔らかさだけは、真似のできないものだった。

「アタシ、いつまで風邪のふりしてりゃいいの」

お蝶がくぐもった声で聞いてくる。市松の胸元に、顔を押しつけているためである。

「そうさねぇ。長くても、今日を含めて三日ってとこじゃないかね」

「曖昧だねぇ。いったい虎屋で、なにをしてるってのさ」

「はじめに言ったろ。野暮用さ」

「だからその、用がなにかを聞いてんのさ」

本当に暇を持て余しているらしく、お蝶はしつこく食い下がる。市松は「ああ、そうだ。虎屋といやぁ」と、わざとらしく話を逸らした。

「なんだかあそこ、怪しげな浪士が出入りしてないかい。どこの国の者かは知らないけれど」

「ああ、それなら水戸だろ」

見え透いた手にも、ころっと騙されてくれるのがお蝶の可愛いところ。顔を上げて、むしろ誇らしげに事情通なところを見せてくる。

「あすこの楼主が那珂湊（なかみなと）の出でね。前々から水戸者がよく出入りしてるんだよ」

「へぇ、それはそれは」

「あんな奴ら、どうせよからぬことを企んでるに違いないんだから。姉さんは、くれぐれも見初められたりしないようにね」

その忠告は、すでに遅かったかもしれない。一本気な眉をした男の顔を思い浮かべ、市松は「気をつけるよ」と肩をすくめた。

唐突に、外で子供たちの声が弾ける。

「俺たちも見に行こうぜ」

「うん、行こう行こう！」

続いて溝板を踏む下駄の音が騒々しく響き、遠ざかってゆく。足音からして、三、四人はいるだろうか。勢い余ってすっ転んだ者がいるらしく、「ぎゃっ！」という悲鳴まで聞こえてきた。

「びっくりした。なにごとだい」

表店の陰に、せせっこましく軒を並べている棟割り長屋だ。隣り合う人の夕餉の献立や閨の事情まで筒抜けになるほどの近さには、どうも慣れない。

「ああ、昨夜おかみさんたちが噂してたよ。なんでも異人の一行が、東海道を通り抜けてくんだってさ」

その様子をわざわざ見ようと、子供たちは走り去っていったのか。どうも解せないものがあり、市松は眉根を寄せた。

「今さらどうしたんだい。品川に住んでりゃ、異国人なんぞもう見慣れてるだろ」

外国に向けて開かれた横浜の港から、江戸に向かうには必ず東海道を北へゆく。品川に住まう者ならば、異国人の行列くらい厭きるほど見たことがあるはずだった。

「うん、そうなんだけどさ。今日のはちょっとわけがあるみたい。物騒なことが起きるかもしれないよ」

「穏やかじゃないねぇ。いったい誰が通るんだい」

「ええっと、なんてったっけね。異人さんの名はややっこしくて、覚えられないよ」

五日も引きこもっているお蝶に聞いても、これ以上のことは分からぬようだ。

妓楼に逗留している水戸浪士と、異人の行列。これはどうもきな臭い。市松は立ち上がり、緩く巻いていた帯を締め直す。

「よし、アタシもちょっと覗いてこよう」

「ええっ、ずるいよ！」

「駄目、アンタは留守番！」

あと少しの我慢だからさと請け合って、市松はほつれかけの鬢の毛を撫でつけた。

表に出てみると、日差しはすっかり真夏だった。

長雨を鬱陶しく感じていたくせに、これはこれで梅雨はどこへ行っちまったんだと悪態をつきたくなる。寒くも暑くもない快適な日というのは、実は一年のうちに数えるほどしかないのではあるまいか。

蒸し風呂のような陽気の中、市松は首にしっかり布を巻き、賑わいを感じるほうへと歩いてゆく。物見高いのは子供たちだけでないらしく、老若男女を問わず同じ方角を目指していた。

これはいい道標（みちしるべ）だと、彼らの後をついてゆく。しかしその歩みは、東海道に差しかかる手前でぴたりと止まった。

「なんだい、こりゃ」

歩みを止めた群衆の、頭が眼前に並んでいる。人の行き来を阻むべく、東海道と接する横町の入り口に縄が張られているのだった。

他の横町も同様らしく、人々は皆、縄の手前で立ち止まっている。隙間を縫って前方に移動してみれば、どうやら東海道沿いの店は茶屋に足袋屋、汁粉屋に至るまで、すっかり店を閉めていた。

なんとも物々しい有様である。市松は日焼けを嫌って頭から手拭いを被り、周りをぐるりと見回してみる。

「おや」

向こう岸の横町に、見知った顔が立っていた。目を眇めて神奈川方面を窺うも、異国人一行の姿は豆粒ほどにも見えやしない。今ならまだ平気だろうと、市松はひょいと縄の下をくぐった。

「おい！」と咎める声が上がったが、気にせず通りを突っ切ってゆく。向こう岸の横町に滑り込むと、目当ての女が「あら」と目を見開いた。

「月弥さんじゃないか」

先日の虎屋で、化粧水はなにを使っているのかと聞いてきた芸者である。拵えをする前の、素肌を風にさらしており、むしろそのほうが吹き出物が目立たないようだった。

「いやぁ、まいった。そぞろ歩きでもしようと思って出てきたら、どの店もやっていないじゃないか。大名行列でも通るのかい？」

芸者に連れはいないらしい。その隣に落ち着いて、市松は緩んだ衿元を引き締める。大名行列では店まで閉めないと分かった上で、尋ねてみた。

「違うよ。なんでも英吉利(イギリス)公使が帰ってくるんだってさ」

「英吉利公使？　ってことは、富士山に登ったってぇお人かい」

名はたしか、オールコックといったか。外国人としてははじめて富士の山に登ったと、瓦版に載ったのが昨年の夏のことだった。

英吉利公使館があるのは、高輪の東禅寺。目と鼻の先にある品川では、公使が通るたびに店を閉めさせられるのだろうか。

「そう、その公使様だよ。大人しく船で帰ってくりゃ、こんな騒ぎにはならなかったってのにさ」

芸者がうんざりしたように息をつく。品川宿のこの様子は、常のことではないようだ。

「ああ、そうか。長崎から陸路で帰ってきてるんだったね」

こちらもまた、瓦版で読んだ。公用により香港に赴いていたオールコックが長崎に戻り、そこから江戸まで陸路の旅をしているというのだ。道中の警固を不安視した長崎奉行が海路を勧めたにもかかわらず、公使は譲らなかったそうである。

彼が富士に登頂したときでさえ、山の化身である天狗が一行を妨げたと書き立てた瓦版もあったくらいだ。異国人が気ままに動き回ることを、快く思わぬ者は多くいる。ましてや攘夷浪士となれば、言うまでもない。

芸者が声をひそめ、市松の耳元に囁いてくる。

「それだけじゃなく、異人どもときたら京にも立ち寄ったって噂なんだよ。お陰で攘夷だなんだとうるさい連中は、怒り狂っているらしい。だからお上は用心して、こんなふうにしちまったのさ」

京の都におわするは帝だ。かの地が異国人に踏み荒らされたとなれば、攘夷と共に尊皇の旗印を掲げる浪士どもが噴き上がるのも無理はない。長崎から江戸までの道のりですらも、彼らにとっては国土を穢（けが）されたと感じるはずだ。

「なるほどねぇ」

異国人というのはなぜこんなにも、浪士どもの感情を逆撫でしてばかりなのか。

もう少し慎めばよいのにと呆れながら、市松は肩をすくめる。頭に思い浮かべたのは、虎屋に逗留する侍たちの顔である。

「ねぇ。やっぱりあれと、関わりがあるのかねぇ」

芸者もまた、同じことを考えたらしい。さらに顔を近づけて、「ほら、虎屋の」と言葉を濁した。

「さぁね。アタシにはなんとも言えないけれど」

虎屋に集う浪士の狙いがオールコックだったとしても、この道中で襲いかかることはないはずだ。なにしろ人数が足りない。抜刀して躍りかかったところで、たった三人では警固の者にすぐさま斬り伏せられてしまう。

だいいちアタシはまだ、お座敷に呼ばれちゃいないしね。

浪士たちにとってはおそらく、それが最後の酒宴である。浮世への未練を断ち切る、決別の盃とも言えようもの。最後にぱっと派手にやってから、彼らは死地へと赴くつもりだ。その機会は、今ではない。

そんなふうに見当をつけ、市松は襲撃になど関心がなさそうに周りを見回した。

「それより、夜のお座敷が心配だよ。どこもかしこも閉めちまって、どうするんだろうね」

「今だけさ。公使様が無事にお通りになれば、店も開くよ」

「迷惑千万だねぇ。あの人たちは、下々の営みってものが分かっちゃいないよ」

「シッ。来たんじゃないかい」

芸者に愚痴を止められて、共に東海道の彼方(かなた)へと目を向ける。神奈川方面がにわかに騒がしくなって、行列らしきものがたしかに近づいてくるようだ。馬の蹄の音が聞こえる。

物も言わずに見守っていると、小さな黒い塊のようだった行列が、しだいにその姿を露わにしてゆく。警固の者に先導されて、数人の異国人が馬上の人となってい
た。

「どれが公使様だい？」

「はて、さっぱりだね」

芸者は横浜へと向かうオールコックを、一度見たことがあるらしい。それでも市松の問いには首を傾げた。

「異人の顔ってのは、どうも同じに見えちまうよ」

やって来る異国人は皆体格がよく、そうするのが礼儀なのか、頰や顎に縮れた髭を蓄えている。どうやって着るのか見当もつかぬ衣服に身を包み、なにやら雑談を交わしているが、洩れ聞こえるのは面妖な言葉の響きである。

彼らの間にも、きっと差異はあるのだろう。しかしこの国の民との違いに比べれば些細なものだ。はじめて異国人を目にする市松のみならず、品川に暮らす芸者にも見分けがつかぬようだった。

はたして浪士たちには、見分けがついているのだろうか。フランス領事館の従僕が殺害されたのは、たしか二年前のこと。その男は清国人だったが、洋装だったために欧米人と間違えられたのではないかという。そうなるともはや、顔かたちすら見ていないことになる。

誰が誰と分からずとも、洋装の異国人など皆斬ってしまえばよいと考えているのか。そしてここに集まった人々は、異国人たちが襲われるかもしれぬと知りながら、見物に駆けつけたというわけだ。血みどろの惨劇の、目撃者となるために。

趣味が悪いねぇ。

異国人たちの一行が、すぐ目の前を過ぎてゆく。馬上から群衆に投げられる視線には、温度がない。八百屋に並ぶ蔬菜に向けられるがごとき、平坦な眼差しだ。

対等な人と思っていないのは、お互い様か。

肌や目の色が違う、ただそれだけで、人は相手の痛みを想像することができなくなってしまうらしい。ならばこの先の時代には、おびただしい量の血が流されることになるであろう。

そんなことを考えながら、なにごともなく遠ざかってゆく一行の背中を見送る。彼らが膾切り(なますぎ)にされたとて、おそらく市松の胸も痛まぬだろう。その帰りを待ちわびる家族が本国にいることまでは、考えが及ばなかった。

固く閉ざされた虎屋の表口から、飛び出してくる者はない。品川の南北を分ける目黒川を渡ってしまうと、異人たちは道なりに左方向へと進み、すっかり見えなくなってしまった。

第五章　己のまこと

一

撥を握る手に、じわりと汗が滲む。

開け放った障子窓からは、そよとも風が吹き込まない。その代わり下の店に出入りする駕籠舁きたちの、情けない泣き言が飛び込んでくる。

「いやぁ、暑いったらねぇよ。お天道様はいったいどうなっちまったんだ」

「塩くれ、塩。ぶっ倒れちまわぁ」

まだ梅雨が明けるには早かろうに、季節は今日で一気に進んでしまったかのようだ。お天道様は燦然と輝いており、ただ座っているだけでも体中から汗が噴き出てくる。体が暑さに慣れていないから、駕籠を担ぐ若い衆たちはさらにこたえることであろう。

「水、ちゃんと持ってけよ」

「へい、親方。ちょいと行ってきまさぁ」

日に照らされた往来を歩きたくない客が多いらしく、駕籠はひっきりなしに呼ばれて出てゆく。久兵衛の胴間声に送られて、また一挺駆けて行ったようだった。

「親方、こりゃあ駄目だ。団扇の紙が、全部破れちまってらぁ」

「扱いが雑なのが悪(わり)ぃんだろ。てめぇらで張り替えやがれ」

「たぶん俺たちがやったら、団扇の骨まで折っちまうぜ」

「誇らしげに言うんじゃねぇよ、馬鹿野郎」

暑いなら黙っていればいいものを、男たちはなぜこんなにやかましいのか。二階で聞いているだけでも、暑苦しい。

どうせなら、もっと上品な家に生まれたかった。奉公人が折り目正しく、無駄口を叩かないところ。威勢がいいとか鯔背(いなせ)とか、どこがいいのかさっぱりだ。

「なによ、偉そうに」と、頭の中でお蓮の声がする。

軽蔑に満ちた眼差しまでよみがえり、熾火(おきび)に息を吹きかけたように腹の中がめらっと燃えた。そのとたん集中が切れ、手元が狂う。糸の勘所も撥捌きも間違えて、はっきりそれと分かるくらい、調子外れな音が出た。

「お嬢、ただでさえ暑いんだ。もちっと上手に弾いてくだせぇよ!」

表から、囃(はや)し立てるような声が上がる。うんざりと息をつき、おりんは三味線を置いて窓辺に寄った。

通りに顔を出して二階を見上げているのは、案の定新三郎だ。日焼けした肌に光る汗を手拭いに吸わせ、爽やかに笑いかけてくる。

歳は十八。鼻筋の通ったすっきりとした顔立ちは、色白ならば役者でも通るだろう。人懐っこい朗らかな性格も、近隣の女たちから愛されている。

そんな笑顔には応じずに、おりんは静かに障子を閉めた。

「あっ、ひでぇ!」

文句を言うのが聞こえてきたが、知ったことじゃない。そもそも奉公先の娘に、気軽に声をかけてくるほうがおかしいのだ。

おりんはもといた所に座り直し、首筋の汗を手の甲で拭う。窓を閉め切ったとたん、湿気が増した。これはもう、帯など締めている場合ではない。

勘弁してよ、お稽古が進んでいないんだから。

妙に苛つくのも、暑さのせい。帯を解くと腹周りに籠もっていた熱が逃げ、幾分頭がすっきりした。誰も見ていないのだから、着物の胸元など紐一本で止めておけば充分だ。

おりんは三味線を構え、すうっと息を吸い込んでから、再び『黒髪』を弾き始めた。

姉のおまさは今、お蓮を連れて四谷界隈を回っている。町に不慣れなお蓮を案内してやれとは言ったものの、まさかおまさが自ら案内役を買って出るとは思わなかった。

昨日は食事もお蓮と共に自室で食べ、寝るのも一緒だったという。おまさは家の者はもちろん、他の奉公人たちからも、お蓮のことを隠したいようだった。

本当に、なにがあるっていうのかしら。

非常に気になる。探りを入れてみたいけど、それよりも今は稽古だ。おまさのいぬ間でなければ、『黒髪』は弾きづらい。

「愚痴なおなごの心も知らず」

自らの三味線に合わせ、唄を小さく口ずさんでみる。

頭に思い浮かんだのは、眼を赤く潤ませた藤治郎の顔だった。

なんでおまさ姉さんも藤治郎さんも、別れておいて泣くのかしら。互いに未練があるのなら、もう一度とっくり話し合って元の鞘に収まればいいのに。あの二人はどちらも遠慮して、本音が言えていないように思える。

やっぱりおまさ姉さんには、藤治郎さんと会ったことを喋っちゃったほうがいいかしら。

「あなたも幸せになってください」という藤治郎からの言伝は、いまだ伝えられていない。きつく叱られるに違いないけど、覚悟を決めて洗いざらい話してしまおうか。

お蓮が藤治郎さんのことを嫌っているのも、なんだか気になるし——。

ああ、駄目だ。また勘所を間違えた。

おまさのいぬ間を狙ったところで、『黒髪』を弾き始めるとどうしても、余計なことを考えてしまう。稽古が思うように進まないのはそのせいだった。

一人で思い悩んでいたって、なんにもならないのに。

そもそも頭でものを考えるより、体を動かすほうが性に合っている。おりんは表情を引き締めて、「よし！」と顔を上げた。

おまさが他出から戻ったら、すべてを打ち明けてしまおう。そして藤治郎さんに会いに行くよう説得するのだ。頑固なおまさはひどく抵抗するだろうけど、こっちだって折れてやるもんか。

あたしに涙を見せたのが間違いだったと、思い知らせてやるわ！

決意を固めると、調子が出てきた。薬指で三の糸をビンビン弾く。気合いが入りすぎて、もはや別の曲のようだった。

「お嬢様、失礼します」

興が乗って三味線をかき鳴らしていると、許可もなく廊下側の障子が開いた。なにごとかと手を止めて振り返れば、お種が張り詰めた表情で立っている。部屋の中をぐるりと見回してから、尋ねてきた。

「お蓮は来ていませんよね」

「いないわ。どうして？」

「こちらにも、いないようです！」

おりんの問いには答えずに、お種は首を捻って廊下の向こうに呼びかけた。それに応じて、人の足音が遠ざかってゆく。

「お蓮がどうしたのよ」

「町を案内しているうちに、うっかりはぐれてしまったようで」

なるほど、それで騒いでいるのか。三味線に没入していたせいで、気づかなかった。

「犬の子じゃあるまいし、自分で帰ってくるでしょう。多少道に迷ったって、このへんの人に聞けばみんな瓢屋を知っているわ」

「ええ、私もそう思うんですが。おまささんが血相を変えて捜しているんですよ」

「なんでまた。ちょっと心配しすぎじゃない？」

お蓮が関わると、どうもおまさは度を失う。奉公人まで巻き込んでなにをやっているのだろうと、おりんは眉をひそめた。

いったいあの子は、何者なのよ。

世話になった小間物屋の娘というのも、嘘ではないかと疑っていた。だって母親を亡くしたばかりのはずなのに、当人はけろっとしている。それどころかお蓮は、

「忘れてた」とのたまったのだ。

本当は、親なんか死んじゃいないんでしょうよ。

だとしたらなぜ、おまさはお蓮を女中として瓢屋に引き入れたのだろう。そのくせ腫れ物に触れるような扱いをしているのも、引っかかる。

だいたいお蓮だって、態度が大きすぎるのだ。本気でおまさの慈悲に縋りたいのなら、もっとやりようがあるはずだった。

面倒だったらありゃしない。そのへんのことも、突き詰めて聞いてやるわ！

いったん肚を決めてしまえば、もはや怖いものなどない。歳の離れたおまさとは一度も喧嘩をしたことがないけれど、今日がそのときなのかもしれなかった。

「それじゃ、私も外へ捜しに行きますけど、お嬢様はじっとしててくださいね」

「どこにも行きゃしないわよ」

浅草で撒かれそうになったのを、まだ根に持っているらしい。お種はしっかりと念を押し、廊下に出て障子を閉めた。

お蓮のことなんて放っておけばいいのにと、おりんは一人になり鼻を鳴らす。今朝も廊下で顔を合わせたけれど、お互いにフンとそっぽを向いてゆき過ぎた。あんな心根の強い娘が、大人しく迷子になっているはずがない。

そんなことより、稽古である。せっかく調子が出てきたところだ。おりんは障子に背を向けて、撥を握り直した。

『黒髪』を、また頭から弾いてゆく。我ながら、はじめのほうはよくなってきたのではないだろうか。

大丈夫、大丈夫。地味な木綿を着ているお蓮が、金品目当ての拐かしに遭うことはまずあるまい。けれどもけっこう可愛らしい顔立ちをしているから、路地裏に引きずり込まれたりはするかもしれない。

心配事が頭をもたげ、三味線の音が濁りだす。お蓮には腹を立てているけれど、ひどい目に遭えばいいとは思えない。

「んもう、しょうがないわね」

お種の忠告も忘れ、おりんは撥を置いて腰を浮かしかける。ちょうどそのとき、視界の端で押し入れの襖が開いた。

「わっ！」と、驚いてひっくり返る。

押し入れの下段から、誰かがのっそりと這い出してきた。

「犬の子じゃあるまいしって、ご挨拶だわね」

手のひらで顔を扇ぎながら立ち上がったのは、今まさに捜しに行こうとしていたお蓮だった。

「ああ、暑い暑い。まるで蒸し風呂みたいだったわ」

ぽかんと目を見開くおりんの前で、お蓮は帯も締めずに寛いでいる。押し入れから出てくるなり、「あら、それいいわね」と、おりんに倣(なら)って解いてしまったのである。

解いた帯を丁寧に畳むあたり、おそらく育ちは悪くない。ならどうして、この娘はこんなにも奔放なのだろう。

「いつからいたのよ」

速まる鼓動を落ち着かせ、おりんはどうにか声を絞り出す。おまさとお蓮が出かけてすぐに、この部屋で稽古をはじめたのだ。はじめから押し入れに潜んでいたということはあるまい。

手妻(てづま)を見せられたような心持ちで問いかけると、お蓮はこともなげに言ってのけた。

「アンタが情感たっぷりに三味線をかき鳴らしてる隙によ」

稽古の間、おりんは廊下側を背にして座っていた。こちらが三味線に打ち込んでいるのをいいことに、お蓮は音も立てずに入ってきて、押し入れの中に身を隠したものらしい。

なんで気づかないのよと笑われて、おりんは頰を火照らせた。

「おまさ姉さんが、大慌てでお前を捜しているのよ」

「分かってるわよ。だからこうして隠れていたんじゃない」

瓢屋の若い衆まで捜索に駆り出されているようで、表の通りから「いたか？」「いいや、見かけねぇ」というやり取りが聞こえてくる。これだけの騒ぎになっているのに、当の本人はしれっとしたものだ。

「どうして隠れる必要があるの」

「だって、息が詰まるんだもの。おまささんったら、厠にすら一人で行かせてくれなくて」

たしかにおまさはいつだって、お蓮にぴたりと貼りついている。勝手なことをしないよう、目を光らせているかのように。

町を見て回っている間も、あっちへ行くな、そっちは駄目だと、口やかましく注意をしてきたという。それでお蓮は嫌気がさして、わざとはぐれてみせたというわけだ。

「でもお金は持っていないし、外は暑いしで、しょうがないから帰ってきたのよ」

そうは言っても瓢屋には、女中も下男もそれなりにいる。裏口から入ったにしても、よくぞ誰にも会わずに来られたものだ。

「誰からも見咎められなかったの？」

「あたし、気配を殺すのはうまいの」

誇るべきことでもなかろうに、お蓮は胸を張って答えた。

お蓮だったからまだよかったものの、不埒者に入り込まれては大変だ。これはぜひとも久兵衛に言って、守りを固めてもらわねばなるまい。

「お願いだから、少しだけ匿って」

度重なる無礼を棚に上げ、お蓮が片手拝みで頼んでくる。どういう神経をしているのか分からなくて、おりんは眉根をぐっと寄せた。

でもこれは、いい機会なのかもしれない。おまさを問い詰めずとも、お蓮の正体を暴けるのでは。そのためには頼みを受け入れてやったほうが、油断を誘いやすそうだった。

「べつに、いいけど」

「ありがとう。アンタ意外と優しいのね」

口調は相変わらず失礼だし「意外と」は余計だけど、おりんは注意をせずに微笑んだ。表情とは裏腹に、頭の中は忙しなく動いている。どんなふうに話を進めれば、お蓮の嘘を突き止めることができるだろうか。

こちらの思惑も知らず、お蓮はさっそく脚を投げ出して座った。尻の後ろに手をついて、「ふぅ」と天井を見上げる。

おまさの前では、ここまでくだけた態度は取らないはずだ。つまりおりんは、舐められているのだろう。

今に見てなさいよ。と意気込んだところで、お蓮の首がこちらにがくりと傾いた。

「ねえ、なんでずっと同じ曲ばかり弾いていたの？」

押し入れの中で、おりんの三味線をとっくりと聴いていたらしい。気恥ずかしくて「勝手に聴かないでよ」と反発しそうになるのを、ぐっと堪えた。

「まだ二曲しか習っていないのよ」

「もう一曲は？」

おりんは三味線を膝に構え、「鐘は～上野～か～浅草か～」と弾きながら唄ってみせた。

お蓮はすぐさま「ああ」と頷く。

「『明けの鐘』ね」

「唄や踊りの心得があるの？」

「ないけど。このくらいなら誰でも知ってるでしょ」

たしかに有名な曲である。誰が知っていても不思議はないが、おりんは「ああ、そうね」と大袈裟に手を叩いた。

「お蓮は浅草が地元だものね。浅草寺（せんそうじ）の鐘を、朝な夕なに聞いて育ったわけだわ」

そう言ってから、お蓮の表情を窺ってみる。目の玉が、戸惑ったようにわずかに揺らいだ。

おりんはよし、今だと畳みかける。

「いいなぁ、浅草。お父つぁんに言って、また連れてってもらおうかしら。久し振りに、栗ぜんざいが食べたいわ」

「そうね、いいんじゃない」

これだから恵まれたお嬢さんはと、また厭味を言ってきそうなものなのに、お蓮はさらりと聞き流した。どうやらこの話題は、早く仕舞いにしたいようだ。

けれども、逃がしてやらない。おりんはわざと、はしゃいだ声を上げた。

「ねぇ、お蓮は食べたことがある？　浅草名物、前川の栗ぜんざい」

「ええ、もちろんよ。美味しいわよね」

お蓮は平静を装っている。でもこれで、ぼろが出た。

「かかったわね！」と、おりんはその鼻先に人差し指を突きつけた。

「残念でした。栗ぜんざいを出すのは梅園院の茶店よ。前川は鰻屋さん！」

どちらも浅草では有名で、久兵衛に連れられて食べたことがある。浅草に生まれ育った者ならば、この二つの店を取り違えるはずがなかった。

「ああ、そうだったわね。うっかりしてた」

「うっかりで、甘味屋と鰻屋を間違える？」

「うちはアンタのとこみたいに、外で飲み食いできるほど裕福じゃなかったのよ」

「あらっ、でも粟ぜんざいは食べたことがあるんじゃなかった?」

必死に言い逃れしようとするお蓮の、逃げ道を丁寧に潰してゆく。おりんに向けられる眼差しが、だんだん鋭くなってきた。ギリギリという、歯ぎしりの音まで聞こえてくる。

もう充分に、追い詰めた。おりんは嬉々として、最後の宣告を下す。

「お前、浅草の出じゃないわね」

返答はない。お蓮はただ、恨みのこもった目で睨みつけてくる。でもそれが、なによりの答えだった。

「本当はどこから来たの。どうしておまさ姉さんと口裏を合わせて、嘘をついてるのよ」

おりんは問いを重ねながら、畳んで置いてあったお蓮の帯を胸に抱く。どんなに決まりが悪くとも、帯を解いただらしない格好で部屋を出てはいけまい。それを恥と思う程度の育ちではあるはずだ。

こちらの意図を悟り、お蓮は忌々しげにそっぽを向いた。答える気はないようだ。

「いいのかしら。そんな態度で大丈夫?」

首を傾げて尋ねても、頑なに顔を背けている。

それならば、しかたない。おりんはこれ見よがしにため息をつき、窓へとにじり寄った。障子を開けてみると表の通りには新三郎が立ち、周りをきょろきょろと見回している。

「ねぇ、お蓮を捜してるの？」

声をかけると同時に、着物の袖がつんと突っ張った。外から見えないようお蓮が身を低くして、袂（たもと）を引っ張っているのだ。

「やめて、分かったから」

ここにいることを知られても、お蓮にとってはさほどの痛手ではないはずだ。おまさに叱られるのを、ちょっと我慢すればいいだけのこと。けれども後ろめたい物事がいくつもあると、その重さを測り比べる余裕もなくなるようだ。

お蓮の焦った様子に満足して、おりんは内心ほくそ笑む。顔を上げた新三郎に「暑いから、気をつけてね」と手を振って、障子を閉めた。

あらためて向き合ってみると、お蓮の頬は面白いほど膨れている。負けん気の強い娘だ。なんだか他人とは思えなくて、おりんはつい笑ってしまった。

「ほら、河豚（ふぐ）の真似はいいから。本当のことを話してよ」

促しても、お蓮はしばらく河豚の化身のまま黙っていた。急かさずに待っていると、やがて鼻からふぅと息を吐く。それに伴い、頬っぺたも萎んでいった。

諦めたように、お蓮の視線が膝先に落ちる。そして彼女はこう言った。

「そうよ、あたしは浅草の出じゃないわ。芝の楓屋っていう、紙屋の娘よ」

二

暮れ六つを過ぎたというのに、昼間の熱がまだ煮こごりのようにわだかまっている。

首に巻いたメリヤスの布が肌に貼りつくのを感じ、難儀なことだねぇと市松は控えめにため息を落とした。

湿気がべたりとまとわりつく、虎屋二階の回廊である。芸者が言っていたように、夜はいつもどおり店が開いた。昼間の静寂が嘘のように、表座敷のいくつかではすでに宴会が始まっている。市松もまたお座敷に呼ばれ、三味線箱を抱えて参上したのであった。

花期を終えた万作(まんさく)が、葉を茂らせて二階の欄干にしだれかかっている。この季節に特有の植物の青臭さが、中庭から立ちのぼってくるようだ。思わず顔を背けると、お座敷の障子越しに踊る人の影が窺えた。

曲は『黒髪』で、踊っているのは客であろう。身振り手振りがでたらめである。

そういや勝手に稽古を休みにしちまって、悪いことをしたねぇ。

ふと心に浮かんだのは、三味線で身を立てたいと言った年若い弟子の真剣な眼差しだった。あの子はちゃんと、家で稽古をしているだろうか。

四谷に戻ったら、容赦なく鍛えてやらないとね。

あの子なら、きっと食らいついてくるだろう。嫌になってやめるなら、しょせんはその程度のものだ。

しっかりついてきておくれよと、市松は口元に笑みをのぼらせる。己の選んだ道を行きたいと言う、まっすぐな目をした少女に身勝手な望みを託しているのかもしれなかった。

そして今目の前には、我が道など選びようもなかった女が一人。市松を待ち伏せていたように進み出て、立ちはだかっている。

姉女郎にでも借りたのか、身に着けている仕掛けは季節に合った燕の柄だ。胸の前で腕を組み、お貴が勇ましげに眉を跳ね上げた。

「ああ、嫌だ。身の程知らずの芸者が、今日もおめおめと来やがって」

上草履を履いた白い素足を滑らせて、市松に顔を近づけてくる。若すぎるせいで声にまだ厚みがなく、凄まれても怖くないのが気の毒なほどである。

「そりゃあ来ますよ。お座敷がかかっているんだから」

豪勢なことに、巳之助はまだ居続けている。やはりなにか、家にいづらい事情があるのだろう。今日もお呼びがかかるに違いないと市松は読んでおり、そのとおりになったというわけだ。

でもまさか、その敵娼から途中で通せんぼを食らうとは。客が市松ばかり構うことに、よほど腹を立てているらしい。

犬でも追い払うように、お貴はシッシッと手を振った。

「ならもういいよ。アタシがうまく言っといてやるから、帰んな」

「そういうわけにはいきませんよ。こちらも仕事ですからね」

台の物を肩に載せて運ぶ中どんが、通りすぎざまになにごとかと振り返る。お貴にきつく睨まれて、ヒッと首を縮めて遠ざかっていった。怒る女郎には、下手に構わぬが吉というわけだ。

回廊の向こう岸の欄干には、様子を窺っている娼妓が幾人か。そちらにもキリリと睨みをきかせてから、お貴は鼻先が触れんばかりに迫ってきた。

「仕事と言ったってアンタ、風邪をひいた芸者の代わりだっていうじゃないか。だったらあんまり、出しゃばってほしくないんだけど。身のほどをわきまえなよ」

難癖のように聞こえるものの、お貴の主張は正しかった。妓楼では、客と遊女はかりそめの夫婦である。芸者はその二人を、自分を取り立ててくれる旦那とそのおかみさんに見立てて座を取り持つ。

ゆえに芸者が客から粉をかけられるなど、あってはならぬことだった。

本来なら市松も、そのあたりはわきまえている。だが巳之助に近づくには、ぜひとも惚れてもらわねばならなかった。遠慮しなければならぬところで出過ぎた振る舞いをし、お貴の面目を潰してしまったことは、申し訳なく感じている。

アンタだって、売られてここにいるんだもんねぇ。

狭い郭の中で似たような身の上の女たちと競わされ、体を使い潰して死んでゆく。それが遊女の人生だ。少しでもよい待遇を求めるならば、上客を摑まえて売れるしかない。お貴は柏屋の跡取りになると吹聴している巳之助に、望みをかけていたのかもしれなかった。

でもね、あの男はやめときな。

まっとうな商家なら、あの歳ごろの倅はしっかりと仕込むものだ。郭に居続けなどしたら、家の者が怒って迎えにくるのが普通である。金を稼ぐ苦労を知らず、ただ浪費することのみを覚えた巳之助に、この先があるとは思えなかった。

もう少し、男を見る目を養いな。

と、慈愛のこもった眼差しをお貴に向ける。たとえ一夜かぎりでも、これはと思った客を大事にしてやれば、数年後に大成して戻ってくることもある。巳之助などは、袖にしていい男だった。

「なんとか言いなよ！」

詰め寄ったところで動じもせず、余裕すら見せる市松に、お貴は苛立ちを隠せない。声を荒らげて、力任せに肩を突いてくる。

しょせんは女の力である。その気になれば避けられたが、市松は甘んじてそれを受けた。

「おい、よさぬか！」

背後から、誰かが足早に近づいてくる。歩きかたが町人ではない。市松の肩を支えるように抱いた腕は、力強かった。

仰ぎ見れば一本気な眉をした、例の浪士だ。着物越しに触れられても、手のひらの硬さが伝わってくる。日夜怠らず、鍛錬を積んできたに違いなかった。

「こんなところで女が青筋を立てるな。みっともない」

批難はまっすぐに、お貴へと向けられていた。遠くから様子を窺っていた娼妓たちが、巻き込まれまいと散り散りになってゆく。腰の大小を預けもせず上がり込んでくる浪士連中は、女たちからも煙たがられているらしかった。

お貴もまた、渋面を作りながらもそれ以上は突っかかってこなかった。フンと鼻を鳴らし、仕掛けの裾を捌いて身を翻す。去り際にごく小さく、「水戸っぽが」と吐き捨てた。

肩にかかる男の手が、ぐっと強張るのが分かった。やはり水戸者で間違いはない様子。逆上するかと危ぶんだが、大事を控えているからだろうか。侍は大きく息を吐き出し、気を落ち着かせたようだった。

「大丈夫か、月弥」

たかだか小娘一人を追っ払っただけで、恩着せがましく顔を覗き込んでくる。市松は「ええ」と静かに微笑んだ。

「でもあれは、こっちが悪いんですよ。あの人の客が、アタシに懸想しちまったもんだから」

身をよじらせて、さりげなく肩に置かれた手から逃れる。侍は行き場のなくなったその手を持て余し、自らの顎を撫でた。

「なるほど。だがそれは、無理からぬことではないか」

「芸者は、出しゃばっちゃいけませんので」

「ならお前は、芸者には向いておらんな」

「あらひどい」

登楼する客が、そろそろ増えてくる頃合いだ。若い衆に案内されながら、芸者拵えの市松を興味深げに見てゆく者が一人。侍は間に体を入れて、無遠慮な視線から市松を隠した。

意外に、可愛いことをするんだねぇ。

男の悋気に気づかぬふりで、市松は目元を笑み緩ませる。こういう表情を見せておけば、相手が勝手な解釈をしてくれる。

「またお会いしましたね」

「うむ、なにかの縁かもな」

「悪縁でなけりゃいいけど」

軽口を叩きつつ、侍の様子を観察する。居続けにしては月代も髭もさっぱりと剃り上げており、着るものにも乱れたところがない。その眼差しの奥には、強すぎるほどの光が宿っていた。

これはきっと、長生きはしないんだろうね。

己の信念に、身を捧げると決めた男の顔だ。昨年井伊大老を襲った水戸者たちも、同じような目をしていたに違いない。騒動の最中に死した者も、捕らえられて死を待っている者も、みな本懐を遂げたと満足しているのだろうか。

この人たちは、己の正義のために動いているんだろうねぇ。

その手段が命のやり取りになってしまうのは、彼らが生まれついての武士だからか。人を殺めるための道具を常に身に帯びていれば、手っ取り早くそれで相手の口を塞ぎたくなってしまうのかもしれない。

天下泰平などまやかしと、知っていたからべつにいいけど。

可笑しくなってきて、市松はくすくすと笑いだす。

穏やかに見える世であっても、隅のほうに目を凝らせばそこには必ず地獄がある。ちょうどこの、花園のごとき妓楼のように。好きでもない男たちに夜ごと体を引き裂かれる苦しみは、いったいなんの咎によるものだろう。

市松は笑いながら、恨めしげに身をくねらせた。

「今夜はまだ、お座敷に呼んじゃくれないのかい？」

「ああ、そう焦るな」

侍は肩を揺すり、鷹揚(おうよう)ぶって笑う。「んもう」と、市松は拗ねた素振りで横顔を見せた。

「こう見えてアタシも忙しいんだから、早く教えてくれないと困りますよ」

「悪い。決まったらすぐ知らせよう」

「お願いしますよ。ところで、お名前を伺っても?」

「吉野(よしの)という」

市松は怪しみもせず、「承りました」と頷く。どうせ偽名なのだろうが、まことの名を知る必要はなかった。

吉野と名乗った侍が、目を細めて微笑みかけてくる。眉の間が広がって、とたんに柔らかな表情になった。

しかつめらしい顔をしているより、こちらのほうが似合っている。少なくともこの男は、いまだ地獄を知らないのだろうと思われた。

そうこうするうちに、階下がやけに騒がしくなってきた。複数人の客が、大階段から上がってくる。迫りくる足音が、洩れ聞こえる三味線の音をかき消した。

吉野がハッと目を見開いて、そちらへと向き直る。

やって来たのは、大小を手挟(たばさ)んだ侍の一団だった。ざっと数えて、七、八人はいるだろう。先頭の男が吉野に気づき、「おお!」と手を上げた。

「どうした、こんなところでなにをしておる」

吉野はすでに、キリリと眉を引き締めていた。旧知らしい男を相手に、「なぁに」と胸を開いてみせる。

「そろそろお主らが着くころと思うてな」

「そうかそうか、出迎えご苦労」

侍たちのやり取りを聞きながら、市松は如才なくその場を離れる。登楼したばかりの男たちは皆薄汚れており、すれ違いざまに微かに潮の香りがした。

吉野を飲み込んだ侍の一団は、騒々しさを撒き散らしながら少し行った先の角部屋の障子を開けた。中からも、「おお、来たか」「ご苦労」と声が上がる。先着組と合わせると、十人はいることになる。

市松は足を止めて、部屋に入ってゆく男たちを眺めていた。最後に残った吉野が、眼差しで合図を寄越してくる。

もしや、決行は今夜のうちなのだろうか。

合点がゆかぬまま頷き返すと、吉野も部屋の中に入り、障子はぴたりと閉じられた。

侍たちが姿を消すと同時に、三味線の音色が戻ってきた。

さっきまで哀感たっぷりの三下がりだったのが、本調子の『松の緑』になっている。郭の禿が立派に成長し、松の位の太夫になれますようにと祈る曲である。

曲につられ、市松は唄を小さく口ずさむ。

「郭は根引きの別世界、か」

だからこそ、浮世のごたごたを持ち込むなと抗議しているようにも聞こえる。水戸者の数が増え、娼妓や客にも不穏な気配が伝わっているのだろう。

いったい、なにを企んでいるんだろうねぇ。

市松は足音を忍ばせて、侍たちの部屋へと近づいてみる。中はおそらく八畳間。十人もいれば狭苦しかろうに、先ほどの騒々しさはどこへやら、しんと静まりかえっている。

いや、よくよく耳を澄ませてみれば、話し声はするようだ。しかし三味線の音にかき消され、これっぽっちも聞き取れない。

ロの字に折れた回廊の角に位置する部屋ゆえに、隣り合うのは右側の一室のみ。そちらには明かりが灯っておらず、人の気配もない。楼主の配慮により唐紙で仕切られているだけの隣室には、人を入れぬようにしているのかもしれなかった。

空き部屋の障子を薄く開けて、中を覗いてみる。廊下の天井に吊された八間行灯が、ぼんやりと室内を浮かび上がらせた。こちらはどうやら六畳間。奥に立てかけられた金屏風が、八間の明かりを受けて鈍く光っている。

市松は廊下の左右に目を走らせてから、素早く中へと身を滑らせた。音を立てぬよう障子を閉めて、三味線箱を傍らに置く。

水戸者の狙いがなんなのか、この際に突き止めておきたかった。侍たちがいる側の唐紙に顔を寄せ、しばらく息を詰めて待つ。

それでもまだよその部屋から聞こえてくる三味線や唄のほうが、男たちの話し声より大きかった。どんなに耳を澄ましてみても、彼らの会話はぼそぼそとしか聞こえない。

これでは盗み聞きは無理だと、諦めようとしたそのとき。

「――っ！」

叫び声を上げる暇もなかった。気づけば背後から伸びてきた手に、口元を塞がれていた。

しまった。浪士たちに気配を読まれたか。

胸元を冷たい汗が伝ってゆく。むやみに暴れることはせず、市松は後ろから回された腕を摑んだ。

——おや？

思いのほか、華奢だった。むろん市松より肉づきはいいが、これで大刀は扱えまい。

何者だろうと眉をひそめていると、背後の男が囁きかけてきた。

「こんなところでなにやってんだ。俺を袖にする気かよ」

まだ宵なのに、吐く息が酒臭い。ああなんだと、肩の強張りが抜けてゆく。

男もまた、腕の力を緩めた。その隙に、市松はくるりと体を反転させた。

薄闇の中、正面から覆い被さってくる男の顔をしかと捉える。頰に熟れた茱萸の様な面皰ができているのは、不養生な居続け生活のためであろう。

「嫌ですよ、若旦那。これから参ろうとしていたのに」

焦らずに微笑み返してやると、楓屋の巳之助は小声のまま「へへっ」と鼻の下を搔いた。

「調子のいいことを言いやがる。本当は誰かと逢い引きでもしようってんじゃやねぇのか？」

「まさか。帯が緩んだから直していただけですよ」

聞けば吉野に追い払われたお貴は、巳之助がいる部屋へは戻らなかったようである。待てど暮らせど通しで呼んだはずの芸者まで来ず、手持ち無沙汰に廊下を歩いていたそうだ。そして回廊の向こう岸から、ちょうどこの部屋に入ってゆく市松を見かけたのだった。

まったく、油断したねぇ。

見られたのが他の者ならば、「帯が緩んでいた」という言い訳で納得してくれただろう。だが巳之助は声を潜めつつも、鼻息を荒くして迫ってくる。

「なんだ、じゃあ俺がもっと緩めてやろう」

「あらあら、お戯れを」

「戯れちゃいねぇよ。なぁ月弥、俺の女にならねぇか」

巳之助にのしかかられて、市松は思うように動けない。肩を押し返そうとした手も握り込まれた。本気を出せば振りほどけるに違いないが、女の腕力ではないとばれてしまいそうだ。

かといって体をまさぐられたら、ますます言い逃れはできないわけで。

さて、どうしたものか。

逡巡する市松の耳元で、巳之助は「そうだ！」と、なにかを思いついたようである。

「俺の女になってさ、柏屋の旦那を骨抜きにしちまってくれよ。あいつと夫婦になって、精も根も搾り取って殺しちまえ。その後で俺が婿入りするからさ、二人でなに不自由なく暮らそうぜ。な、悪くねぇだろ」

「なんだいそれ。ずいぶん回りくどいじゃないか」

回りくどいどころか、無茶苦茶だ。よくもまぁ、女を口説きながら人を殺せなどと言えたもの。こんな話に二つ返事で乗ってくる女がもしいたら、巳之助の手には負えないだろう。

「そんなことをしなくったって、アンタは柏屋の養子になるんじゃなかったのかい？」

問いかけてみると、巳之助は忌々しげに舌を鳴らした。市松の手を握り込む手のひらに、粘っこい汗がにじみだす。

「ああそうだ、そのはずだった。でもいつまでも子のできねぇお内儀がさ、ついに離縁されちまったんだと。さて、困った。この先もっと若い後添いが迎えられて、実の子ができちまったらどうするよ。俺たちにゃもう、つけ入る隙がねぇだろう。だからお父つぁんは俺を切り捨てて、妹を後添いに送り込もうとしていやがるんだ」

「へぇ、妹さんがいたのかい」

そういえば楓屋には娘もいると、捨吉から聞いていた。強突く張りの親父なら、おまさの去った後に娘を嫁がせようとしても不思議はない。

いやむしろ、楓屋としてはそのほうが都合がいいのではあるまいか。養子に送り込むはずだった巳之助よりも、娘が産んだ幼子のほうが扱いやすい。あとは柏屋の旦那さえ亡き者にしてしまえば、その財は親父のほしいままにできるのだ。

少し考えれば分かること。それなのになぜ、おまさは自ら身を引いたのだろう。

巳之助が、「冗談じゃねぇ」と吐き捨てる。

「妹は、まだ十三だってのによ」

ならば、おりんと同じ歳である。嫁に遣るにはまだ三、四年は早ぃ。なるほど。そんな年若い娘を、いくらなんでも妻合わせはしまいと考えたのか。しかし楓屋の主には、まともな良識などなかったのだ。

「ひどい話だねぇ」

市松は、心からおまさに同情した。

「だろ？」と、巳之助が苦しげに息を詰める。

「そうなったら俺が継ぐのは、楓屋のほうだ。お父つぁんの博打とおっ母さんの役者買いで、うちにはもう借財しかねぇってのによ」

加えて息子の悪所通い。間違いなく巳之助は、ふた親の性質を受け継いでいる。前もって聞いていたより、楓屋の内情は悪いようだった。

「なぁ、頼むよ月弥。二人で柏屋を乗っ取ろうぜ。お前にならできるよ」

ひどい見込まれようもあったもの。金さえちらつかせれば人はどんな非道なこともできると、思い込んでいるらしい。そのくせ自分自身の手は、汚したくないときたもんだ。

とんだ屑野郎だね。

もはや遠慮なく、潰しにかかれる。とまれ今はこの窮地から、どう脱するかだ。いいよと引き受けても、断っても、どのみち手籠めにされそうだ。下手に騒げば、隣の侍たちが乗り込んでくる。それはそれで、面倒である。

「分かったから、手を放しておくれ。こんなところじゃ嫌だよ」

「もったいぶるなよ。なぁ、月弥。俺は本当に、お前に惚れてんだぜ」

惚れた女にする仕打ちとは、とても思えないんだけどねぇ。

これだから、屑野郎というのは悩ましい。やれやれと、市松はため息をつく。その息を吐ききる前に、隣室から瀬戸物が割れるような音がした。

「おのれ、許せぬ！」

周囲の賑わいをかき消して、男の怒声が腹に響く。それに呼応して、他の侍たちも「おう！」と沸いた。

「決行は明日の夜、憎き夷狄を斬り捨てよ。敵は東禅寺にあり！」

いささか芝居がかった号令に、「いやさか！」と口々に応じる声。ついに今、襲撃の日取りが決したらしい。

――東禅寺といやぁ。

まさに英吉利公使、オールコックの在所である。

なるほど沿道を閉ざしたお上の警護は、正しかったというわけだ。あの公使は、本当に命を狙われていたのである。

「んぁ、なんだ？」

眼差しを鋭くする市松に覆い被さったまま、巳之助が間延びした声を出す。力が緩んだ隙に手を抜いて、その鼻先に「シッ！」と人差し指を突きつけてやった。

「まずいことを聞いちまったようだね。お隣は攘夷浪士ですよ」

「なにがまずいってんだ？」

勘の悪い男である。しかたなく、市松は問いをかけてやる。

「東禅寺にいる、浪士の敵といえば？」

芝と高輪は、目と鼻の先。いかに愚かな男でも、そこに英吉利公使館が置かれていることくらいは承知のはずだ。

しばらくして巳之助は、「あっ！」と目を見開いた。

「ぼやぼやしてちゃいけないよ。速やかにここを出なくっちゃ」

「ああ、そうだな」

こんなところを見咎められでもしたら、刀の錆にされかねない。さしもの巳之助も身に迫る危機を察したようで、すんなりと頷いた。

よかった。浪士どもの密談のお陰で、貞操の危機からは免れた。

巳之助に気づかれぬよう、市松はほっと胸を撫で下ろす。その矢先であった。

「ぎゃっ！」と、巳之助が叫び声を上げて畳に転がった。右の足指を手で押さえ、転げ回りながら悪態をつく。

「ちくしょう、なんだってこんなとこに三味線箱があるんだよ！」

どうやら箱の角に、足の小指を打ちつけたものらしい。廊下の行灯が頼りの室内で、桐の三味線箱は静かに闇に溶けていた。

「ちょっと、大声を出すんじゃないよ」

注意したところでもう遅い。一拍置いて、隣室との間を遮る唐紙が左右に開いた。続いて男たちが雪崩れ込んでくる。逆光の中、怜悧に光るのは抜き身の刀だ。切っ先がまっすぐに、胸元へ突きつけられている。

「何奴！」

誰何されても咄嗟には答えられず、市松は鉛のような唾を飲み込んだ。

三

チン、トン、シャン。

背筋を伸ばし、三味線を弾く。

曲に合わせて下手な手舞いをする者あれば、調子に乗って燗徳利から直に酒を呷る者もあり。気難しげに額をつき合わせていた男たちが一変し、陽気に浮かれ騒いでいる。

本来の意味とは違えど、「芸は身を助く」とはよく言ったもの。長年の鍛錬ゆえに、どれだけ窮地に立たされようとも三味線を構えれば腹が据わる。

なんの芸も持たぬ巳之助は、幇間のごとく男たちに酒を注いで回っていた。「お主も飲め」と勧められ、かなり飲まされているらしい。合わせの緩んだ胸元が、朱を注いだように赤くなっている。

傍若無人に振る舞うのは、女の前のみ。大小を携えた侍を前にすれば、なんとも腰の低いこと。ぺこぺこと頭を下げる巳之助を横目に見て、市松は赤い唇を笑み歪ませた。

　こうなったのもアンタのせいさ。せいぜい座持ちをよくするんだね。

　冷静に考えてみれば、隣室にひそんでいたのを浪士たちに見咎められたところで、いくらでも言い逃れはできたのだ。それなのに巳之助は、素早く畳に額を擦りつけこう言った。

「お許しください。俺たちゃなにも聞いちゃいません！」

　それでは自ら、聞いたと白状しているようなもの。さらに巳之助は、冗談のように先を続けた。

「英吉利公使を討とうとしていることなんざ、知りゃしませんから！」

　なにを口走っているのだこの馬鹿者はと、市松はかえって頭が冷えた。色めき立って大刀の柄を握り直す浪士たちの肩の向こうに、困惑したように立ちつくす吉野の顔が窺えた。

「知られたからには、生きて帰すわけにいかぬ！」

　巳之助に迫る侍が、刀を上段に構え直す。そのまま袈裟懸けに斬り下ろすかと思いきや。

切っ先が、いつまで経っても下りてこない。侍は刀を構えたまま、小刻みに震えて固まっていた。

人を、斬ったことがないのだ。

見たところ、巳之助とさほど歳が違わなそうな若者である。少なくとも、二十歳にはなっていないだろう。

そもそもが、二百六十年続いた泰平の世の末だ。歳にかかわらず、人肉を斬る手応えを知る者はそう多くない。年嵩の浪士たちもまた、抜き身の刀を持て余しているようだった。

しかし振り上げられた刀身は、どこかに収めねばならない。巳之助の体に吸い込まれてしまえば、血のにおいを知って勢いづいた彼らに市松まで膾切りにされるかもしれなかった。

それだけはご免だね。

瞬時に周りの気配を読み取って、市松は行灯の明かりの届く所へとにじり寄る。

そして若侍が覚悟を決めるその前に、艶然と微笑んだ。

「まぁお待ちよ、お侍さんたち」

浪士たちの眼差しが一斉に注がれて、否応もなく引きつけられるのを感じる。まさしく持って生まれた美貌の使いどころ。市松は烏の群れに降り立った鷺のように自らを引き立てて、男たちの毒気を抜いてゆく。

「アタシはただのしがない芸者、こちらは紙屋の若旦那。異人が一人二人斬られたところでなんの痛痒もありゃしませんし、ご公儀への義理もない。けれどもよそのお座敷にゃ、さてどなた様がおられるか。いかにもな密談は、怪しまれるもとでございましょう」

若侍をはじめ、浪士たちの構えた刀の切っ先が下がってくる。動揺し、顔を見合わせる者もいた。

相手を刺激しないよう、市松はゆっくりと畳に手をつく。

「僭越ながらこの月弥が、三味の音で座を盛り上げましょう。もとよりそこの吉野様より、お座敷を頼まれておりましたので」

市松はそっと顔を上げ、隣の部屋に佇む吉野と目を交わす。どうか口裏を合わせてくださいよと、眼差しだけで訴えた。

「吉野？」

「黒沢のことだ」

「ああ――」

浪士たちがこそこそと囁き交わす。市松が睨んだとおり、やはり吉野というのは偽名だったようだ。

「まことか？」

部屋の奥に泰然と座っていた侍が、吉野改め黒沢に向けて顎をしゃくった。先ほどの登楼の折に、先頭に立っていた男である。

その問いに黒沢は眉根を微動させたものの、すぐさま快活に笑ってみせた。

「ああ、そのとおり。音曲もなく男ばかりで詰めていたら、これから事を起こすぞと喧伝しているようなものであろう。後ほど呼ぼうと思っていたのだが、なんの手違いか早く来てしまったようだ」

「勝手なことを。拙者は浮かれ騒ぐ気などござらん！」

「実際に騒がずともよい、目くらましだ。お主は事をなす前に踏み込まれたいのか？」

頑なな目をした若侍が、黒沢に睨みつけられ下唇を嚙む。手にした刀は、だらりと垂れ下がっている。

抜き身を鞘に収めてもらうには、もうひと押し。市松はいっこうに顔を上げようとしない巳之助を、手のひらで指し示す。

「ちなみにお代は、異人嫌いで有名なこちらの若旦那がすべて持つとのこと。台の物でもお酒でも、存分に召し上がってくださいませ」

「へっ、俺のこと？」

他に誰がいる。低頭したまま顔だけこちらに向けてきた巳之助の、額にはくっきりと畳の痕が刻まれていた。

「お黙り。命を取られるよりゃマシだろう」

二人の小声でのやり取りは、浪士たちの歓喜の声にかき消された。

そんな経緯で始まった、奇妙な酒宴である。浪士たちが料理を頼まず少ない酒を舐めるように飲んでいたのは、たんに実直ゆえではなかったらしい。見るからに、金などなさそうな連中である。巳之助という金蔓を得て、ここぞとばかりに飲み食いしている。

明日には死地に赴こうってのに、暢気なものだ。

呆れつつも立て続けに二曲弾き終えると、傍らから燗徳利が差し出された。

「いい音色だ。三味線はいつからはじめたんだ？」

黒沢である。まぁ飲めと、盃を手渡してくる。

「あら、かたじけないこと」

三味線を置き、市松は素直に杯を受けた。

キュッと飲み干してから紅を拭き、盃を黒沢の手に返してやる。代わりに徳利を受け取って、酒を注ぐ。

「十からですよ。お陰様でこうしておまんまが食べられます」

「そうか。まったく肝の据わった女だ。芸者にしとくのはもったいないな」

先ほどの、開き直りっぷりを褒められた。市松はふふふと笑いながら、相手が飲んだ分だけ酒を注ぎ足す。この席で、自分が酔うわけにいかない。盃が戻ってこないよう、さり気なく気を配る。

「しかし隣で、なにをしていた。あの若旦那と逢い引きか」

「とんでもない。無理に連れ込まれたんですよ」

巳之助はいつの間にやら酔った浪士と肩を組み、「夷狄を追い払え！」と気焔を吐いている。どうやら攘夷の思想を吹き込まれ、その気になっているようだ。乗せられやすい男である。

「お侍さんたち、なにかあったときにゃ、芝の楓屋にお越しくださいよ。うちなら三、四人くらいは匿えますんで」

「そうかそうか、それは心強い」

わっはっはと、盛大な笑い声が上がる。黒沢はちらりとそちらを見て、腰の脇差しに手を添えた。

「斬ってやろうか？」

「なにをおっしゃる」

杯を重ね、黒沢の一本気な眉にも弛みが見える。たちの悪い冗談である。

「お前様の刀は、あんな小者を斬るためにあるわけじゃなかろうに」

「それもそうだな」

巳之助一人を斬るだけで柏屋が救われるのであれば、いかようにも黒沢を煽って斬らせるところだが。先ほどの話を聞くかぎり楓屋の主はもう、息子に期待していない。ならば生かしておいたほうが、使い道があるというものだ。

勝手に己の命がやり取りされたことも知らず、巳之助は浪士どもの手拍子で唄い踊っている。意外と幇間の才があるのかもしれない。

浮かれ騒ぐ男を軽く睨みつけてから、黒沢はぐいっと盃を干す。市松はすかさず酌をする。

「まことの名は、黒沢様とおっしゃるんですね」

「——ああ」

ばつが悪そうに、黒沢は片目を眇めた。偽名に慣れぬ同輩に、忌々しさを覚えたようだ。

「すみません。余計な詮索でしたね」

「いや、いい」

巳之助が踊っているのは「かんかんのう」か。意味の分からぬふざけた歌詞が、浪士たちにうけている。

その様子を見るともなしに眺めながら、黒沢はさりげなくこう言った。

「お前には、まことの名を覚えていてもらいたい」

己の命も明日までと、覚悟を固めている男の横顔だった。

妙に美しいものを見た気がする。ざわりと騒いだ胸に、市松はそっと手を押し当てた。

「おおい、なにを二人で話し込んでおる」

「怠けていないで、巳之助の踊りに合わせて三味線を弾かぬか」

男と女の気配を察してか、すっかり出来上がった浪士たちが間に割り込んでくる。偽名などすっかり忘れたようで、「なぁ、黒沢」「飲め、黒沢」と、まことの名が連呼されている。

まったく、なんのための偽名だか。苦笑する黒沢と目を見交わして、市松は三味線を膝に載せる。「かんかんのう」など弾いてみた覚えもないが、なんとなく調子を取ることくらいはできる。

「ええ、なんでも弾いてご覧に入れますよ」

二の糸の糸巻きをキュッと締め、音を二上がりに合わせる。そうして市松は撥を握った。

さんざんに飲み食いし、唄い踊り、浪士たちの夜は更けてゆく。

そろそろ引け四つというところ。酒を過ごして腹を出し、情けなくひっくり返る者まで出てきた。時折調子の外れる高鼾を聞きながら、市松はさてどうしたものかと考えを巡らせる。

もはや妓楼の表戸が閉まる刻限だ。いい加減暇乞いをせねば。ぐずぐずしていると、建物の中に取り残されてしまう。

三味線をいったん脇に置き、両手の指を揃えて畳についた。「宴もたけなわではありますが――」と切り出しかけたところへ、鼾をかいていたはずの浪士が急に「おい！」と頭をもたげた。

「いい気持ちで聴いていたのに、曲が止まっているではないか」

聴いていたもなにも、寝ていたくせに。三味線の音が止んだせいで、目が覚めてしまったらしい。

「すみませんねぇ。けどもう引け四つが近いので、アタシはこれにて――」

「いいや、ならん」

市松を引き留めたのは、別の浪士だ。柱にもたれてしつこく飲んでいたのが、膝を叩いてふらふらと立ち上がった。

「お前を帰らすわけにはいかん。今宵はここに泊まってゆけ」

「おお、そうだな。我らの計略を、外で言いふらされては敵わぬ」

「女は口が軽いからな」

他の浪士たちも猿の尻のような顔をして、「それがよい」と頷き合う。

市松は冗談じゃないと目を見開いた。

まさかこの八畳間で、むさ苦しい男どもと雑魚寝をしろというのか。そんな状況では、誰の手が伸びてこないともかぎらない。女でないとばれてしまったら、あらぬ疑いをかけられそうだ。

「よしてちょうだい。アタシは女郎じゃないんだ。そっちの相手をするくらいなら、そこの窓から飛び降りてやりますよ」

「なんだと」

「小癪な！」

浪士たちは色めき立ち、片膝立てて脇差しの柄を握る者まである。

ここで怯んだら負けだ。市松は眼差しを強くして、キッと睨み返す。

「待て。物騒なことはよせ」

目の前に、たくましい腕が突き出された。市松を庇うように立ちはだかっているのは黒沢だ。

しかし彼も、浪士側の人間である。市松に向かって、宥め賺すように語りかけてきた。

「すまないが、ここは言うとおりにしてくれ。でなければ、お前を無事に帰してやれるかどうか分からない」

つまり命が大事なら、ここに残れということか。黒沢一人では襲撃を目前にして気が逸っている男どもを、抑えきれやしないのだろう。

「無事と言ったって——」

言葉をなくし、市松はぐるりと首を巡らせる。女の身は、命があればいいというものではない。外から見れば女以外のなにものでもない市松には、承服しがたい申し出である。

「楼主にことわって、隣の空き部屋に床を延べさせよう。心配なら俺が寝ずの番をしてやる。だからどうか明日の決行までは、ここで大人しくしていてくれ」

本当に、この男を信じていいのだろうか。じっくりと見つめても、黒沢は視線を逸らさない。その眼差しには、濁りがなかった。

「だけど女には、拵えの手間もあるんですよ。アタシは梳き櫛一つ持ってきちゃいないんでね」

「分かった、入り用なものは用意させよう。あとは？」

「アタシが帰らなきゃ妹弟子が心配するだろうから、無事を知らせておきたいんだけど」

「それは駄目だ。遠慮してくれ」

襲撃の計略を洩らされては困るからと、外との繋ぎは認められなかった。しかし帰宅が明日の夜となれば、はたしてお蝶は大人しく、「悪い風邪」をひいたままでいてくれるだろうか。

黒沢の出した条件に異論はないようで、他の浪士たちは息を詰めて市松の返答を待っている。さらに意地を通す気ならば、斬るのも辞さぬという構えである。

少なくとも身の安全は守られるというのだから、これ以上ごねてもしょうがない。

市松は、腹を決めて頷いた。

「分かりました。明日の夜までは大人しく、囚われの身になりますよ」

そう請け合うと、満足したのか片膝を立てていた浪士も腰を落ち着けた。どうにか命は繋がったようである。

「こりゃあ災難だったなぁ、月弥」

誰のせいで、こんな状況に陥ったのだか。巳之助は、まるで他人事のように赤い顔をして笑っている。

「それじゃ、俺は敵娼の部屋へ下がらせてもらいまさぁ」

へらへらしながら小刻みに手刀を切り、浪士たちの前を横切って部屋を出ようとする。そうはさせじと袴を穿いた脚が伸び、巳之助は派手に躓（つまず）いた。

「おわっ、とっとっと、お！」

転ぶまいと空足を踏み、燗徳利を蹴倒してどうにか堪える。その様子が滑稽で、浪士たちはどっと笑った。

「なにを言っておる。お前はここで雑魚寝だ」

「へっ」

「酒がもうないな。追加を頼もう」

秘密を知られただけでなく、巳之助は大事な金蔓でもある。浪士たちが容易く手放すはずがない。

「それ踊れ、もっと踊れ」

見世の若い衆が、引け四つの拍子木を打っている。この刻限に芸者がいてはおかしいから、市松は大人しく三味線を箱の中に片づけた。

草木も眠る丑三つ時。

屋敷ごと眠りに落ちてしまったかのような静寂の中を、おりんはそろりそろりと歩いてゆく。誰かに見咎められても厠だとごまかせるよう、あえて寝間着のままである。

目当ての部屋にたどり着き、そっと障子を開けてみる。

待ち合わせの相手はすでに来ていた。おりんの目の高さほどもある鳥籠の傍らに、膝を崩して座っている。

相手は明かりを持っておらず、ここまで手探りで来たのだろう。顔は影になって見えないが、背格好でそれと分かる。

間に手燭（てしょく）を置いて座ると、下から炙（あぶ）られてお蓮の顔がぼんやりと浮かび上がった。

昼間はお蓮を捜す人の輪がどんどん大きくなっていったから、ゆっくり話す余裕もなく、後ほど落ち合う約束をした。お蓮がおまさに見咎められることなくその傍を離れられるのは、真夜中しかなかったというわけだ。

この時刻に無理なく起きられるよう、おりんは夕餉を済ますなり暮れ六つごろには床に就いた。そのため目はぱっちりと開いている。

一方のお蓮は寝間着姿なのは同じだが、瞼がいかにも重そうだ。おりんが正面に座ってもなにも言わず、しきりに目をこすっている。

「少しは眠れた？」

「ちっとも。アンタのせいで苛々して、眠れなかった」

おりんに乗せられて、己の正体を曝してしまったことが口惜しくてしかたないと言う。

そもそもは、身分を偽って潜り込んできたお蓮が悪いのだ。同情なんかしてやらない。

「正体といったって、まだ楓屋っていう店の娘だってことしか知らないわ。おまさ姉さんといつ出会ったのか、どうして口裏を合わせてうちに来たのか、洗いざらい喋ってくれるんでしょ？」

そういう約束である。お蓮の言葉に少しでも嘘を感じたり、あるいはこの待ち合わせ自体に来なかったりしたら、母のお松に告げ口してやるという脅しも入っている。

お蓮にはきっと、瓢屋を追い出されては困る事情があるのだろう。だからこそ仏頂面ながら、素直に言いつけを守ってここにいるのだ。

おりんは口を引き結び、お蓮が話しだすのを辛抱強く待った。

家の中はおろか外からも物売りの声一つせず、まるで夜の世界に二人だけで取り残されているかのようだ。朝の早い雲雀ですら、背の高い鳥籠の底にうずくまって眠りを貪（むさぼ）っていた。

やがてお蓮は腹の底からため息をつき、諦めたように語りだす。

楓屋というのは、藤治郎の叔父が営む店だということ。地漉き紙問屋の柏屋に比べればケチな小売りで、おまけにふた親と兄の金遣いが荒く、台所はつねに火の車だということ。

ゆえに親たちはいつまでも子ができぬ藤治郎たちのもとへ、兄を養子に出して旨い汁を啜る算段を立てていたこと。その企みを阻止するためにおまさが身を引き、後添いを迎えるよう藤治郎に促したこと。

そこまで聞いて、おりんは「ちょっと待って」と、つい口を挟んでしまった。

「それが、おまさ姉さんの離縁のわけ？　お蓮のお父つぁんに、好き勝手をさせないため？」

そのとおりだと、お蓮が頷く。

「そうよ。後添いとの間に子ができれば、諦めてもらえると思ったんでしょうね」

おりんの頭に浮かんだのは、眼を赤く潤ませた、藤治郎の顔だった。

あなたの真心を無駄にせぬよう、私は先へ進みますと言伝を頼んだ藤治郎。その母もおまさを懐かしんで泣いており、なぜかどこにも悪者がいないと不思議に思ったものだけど。

二人の仲を引き裂いた悪者は、やはりいたのだ。

頭にカッと血が昇る。おまさはいったいどんな思いで、憎くもない夫と別れたのか。まさに、「ゆかし懐かしやるせなや」ではないか。

「信じられない。アンタのお父つぁんは、人の幸せをいったいなんだと思ってるの」

「考えないわ、そんなこと。あの人はただ、湯水のように使えるお金がほしいだけ。きっと幸せというものを、突き詰めて考えてみたことがないのよ」

おりんとは反対に、お蓮はやけに冷めている。実の父を「あの人」と、他人のように呼ぶのが気になった。

「家族は誰も、諫(いさ)めないの？」

「無理よ。おっ母さんも兄さんも似たようなもの。お金を食べる虫なのかしらと思うくらい、金、金、金よ。あたし、子供のころからずっと嫌だった」

どういうわけだか家族四人の中で、お蓮だけがふた親の性質を受け継がなかったようだ。本当に嫌そうに、眉を険しく寄せている。

「できることなら、関わらないほうがいい人たちなの。昔は刃向かったりもしたけれど、無駄だと分かってからは家の中で気配を殺して過ごしてた。目をつけられてしまったおまささんが、気の毒でならないわ」

気丈なはずのお蓮の意気地を、くじいてしまうほどの家族。いったいぜんたいなにをすれば、娘にここまで見放されるというのだろう。

「だけどおまさ姉さんが身を引いて、金食い虫なお父つぁんの目論見は外れたわけでしょう。それならば、お前はなぜここにいるの？」

夜が更けても昼間のねっとりとした暑さが去らず、首元にじわりと汗がにじんでくる。その汗を手で拭いながら、おりんは尋ねた。

楓屋がつくづく嫌になって、お蓮は家出をしてきたのだろうか。だとしたら、己の父親のせいで出戻ってしまったおまさを頼ってきたことになる。それはずいぶん、図々しくはなかろうか。

おりんの問いに、お蓮は険しい顔をしたまま答えた。

「企みが一つ駄目になったところで、すんなり諦める人じゃないわ。藤治郎さんとおまささんが別れたならこれ幸いと、あたしを後添いに送り込むつもりなの」

「はっ？」

思いのほか、腹に響くほど低い声が出てしまった。

「なによそれ。お蓮はまだ十三じゃない」

怒りのあまり、肩が震える。おりんとお蓮は歳が同じ。お家の繋がりが大事なお武家様ならいざしらず、嫁に出るには少なくとも三、四年は早い。お蓮はどうだか知らないが、おりんはお馬もまだきていなかった。

「そうよ。だからおまささんに手紙を書いて、ここに匿ってもらっているの。あたしたちが嘘をついていたわけは、これで分かったでしょ」

　そういうことなら、おまさが手を差し伸べたわけも分かる。お蓮が後添いに納まったなら、おまさの献身は無に帰してしまうのだ。お蓮の手紙に目を通したときのおまさの慌てっぷりが、ようやっと腑に落ちた。

「今度のことで、よく分かった。あの人たちは子供のことを、ただの道具としか見ていないの。おっ母さんも柏屋のお内儀になればどれだけの贅沢ができるか、猫撫で声で説いて枕絵を見せてきたわ。大人の男を喜ばすにはこうしなさいってね。気持ち悪いったらありゃしない」

　そう言って、お蓮は酸っぱいものでも食べたみたいに顔の具を真ん中に寄せる。生意気でいけ好かない子だと思っていたのに、話を聞いているうちにだんだん気の毒になってきた。

　思い返してみれば、お蓮はたしかに言っていた。世の中には子の幸せなんか考えもしない、鬼のような親だっているのにと。おりんのことを、運がいいだけだとののしった。

あのときは、人の気も知らないでと腹が立った。けれどもなにも知らなかったのは、おりんのほうだったのだ。

慰める言葉も見つからず、ただお蓮ににじり寄り、その肩を撫でてやる。よしよと手を払われるかと思ったが、お蓮は嫌がらずにじっとしていた。

おりんのふた親も、出戻りのおまさをはじめ、娘たちにはいい婿がねを見つけてやろうと伝手を頼っていたりするけれど。あくまでも娘の幸せを考えてのことで、そこに自らの欲はない。ましてや十三の年若い娘を、壮年の男に嫁がせようとするなんて。

「だからお蓮は、藤治郎さんのことを嫌っていたのね」

藤治郎の話を持ち出したとき、お蓮は「その名前を出さないで」と嫌がった。あんなに人がよさそうなのにと、不思議に思ったのを覚えている。

「べつに、嫌ってないわ。藤治郎さんはいい人だもの。うんと小さいときには、こんな人がお父つぁんならよかったのにと思ったくらい。だけど、嫁に行くのは話が別よ」

お蓮は崩していた膝を立て、それを抱き込むようにして顔を埋めた。丸くなった背中を、おりんはひたすら撫で続ける。

「そっか。お蓮と藤治郎さんは、歳は離れていても従兄妹なのよね」

ならば藤治郎の気質を知っているし、おまさとも面識はあったろう。柏屋を守りたいおまさと縁談を退けたいお蓮とは、利害が一致していたのだ。

けれども楓屋には、なんと言って出てきたのだろう。嫁に出すつもりだった娘が行方知れずでは、今ごろ大騒ぎになっているのではあるまいか。

「ねぇ、お蓮のお父つぁんたちは、お前を血眼になって捜しているかもしれないわ。まさか、うちにたどり着いたりしないわよね」

不安になって、尋ねてみる。自分たちが離縁にまで追い込んだ女の実家に、どの面下げてやって来るのかという話だが。どうもお蓮の家族には、恥というものがないようだ。娘の知己を訪ねるうちに、ここまでたどり着かないともかぎらない。

しかしお蓮は、おりんの心配をこともなげに打ち消した。

「それはないわ。あの人たちは、あたしが柏屋にいると思っているから」

なんでもお蓮は押しかけ女房を勧めるふた親に、乗り気なふりをしたらしい。

「必ず藤治郎さんに可愛がられてくるわ」と心にもない約束をして、女中と共に楓屋を発った。その途中で進む道を変え、瓢屋にやって来たのだった。

「供の女中もあの人たちをよく思っていないから、口を割ったりしないわ。もしかすると、勤めじたい辞めているかもしれない。うち、奉公人が居着かないの」

「無茶苦茶だわ」

ただでさえ無理のある縁談なのに、花嫁衣装や道具を揃えて送り出してやるでもなく、押しかけになれだなんて。とても人の親の振る舞いとは思えない。

実の娘でさえこの扱いなのだから、楓屋の奉公人はどれだけ辛い目を見ていることか。奉公人を大事にしない店は、誰からも大事にしてもらえない。久兵衛からの受け売りだが、おりんもそのとおりだと思っている。

「そんな人たちに店を乗っ取られたら、柏屋の奉公人まで虐げられてしまうというわけね。おまさ姉さんはきっと、それを防ぎたかったんだわ」

おまさだって、瓢屋の娘だ。久兵衛の教えは身に染みついているはずだった。

柏屋の威厳のない番頭と、にもかかわらず綺麗に均された店先を思い出す。頭を押さえつけずとも、誠実な仕事ぶりを見せる奉公人たち。おまさが守りたかったのは、その真心だったのだ。

「そうね。だからあたしの手紙を読んですぐ、柏屋にも根回しをしてあたしを引き受けてくれたの。アンタ、なかなか察しがいいのね」

もしかしたら泣いているかもしれないと心配したのに、顔を上げたお蓮の目は潤んですらいなかった。ろくでもない親のためには、流す涙も残っていないのか。憎まれ口が戻ったことに、おりんは怒りよりも安堵を覚えた。

「ひと言多いのよ、お前は」

お蓮の背中を撫でていた手のひらが、じっとりと汗ばんでいる。おりんはその手をぎゅっと握り込んだ。

「そういうことなら、誰にも言わないわ。お蓮は好きなだけ、この家にいればいい。その代わり、力を貸して。あたし、おまさ姉さんを復縁させたいの」

おまさの離縁が、楓屋の浅はかな欲のせいであったのなら。その欲の芽を摘んでしまえば、おまさは晴れて藤治郎のもとに戻れるのではあるまいか。

そのように力説すると、お蓮はぱちくりと目を瞬いた。

「でも、どうやって。あの人たちの欲は、夏草なみに強いわよ」

摘んでも抜いても生えてくる、盛夏の雑草だ。お蓮はここに匿い続けるとして、どうにかしなければいけないのは兄のほうか。

「お蓮の兄さんに早々に所帯を持ってもらって、楓屋を継いでもらっちゃどう。そうすれば、柏屋と養子縁組させようって話にはならないでしょう」

実現するかどうかは別として、必死に案を絞り出す。しかしお蓮は、あっさりと首を横に振った。

「たとえ所帯を持ったって、おまささんが柏屋に戻ればお嫁さんを放り出しかねないわ。ううん、きっとそうする。それにあんな家に嫁ぐなんて可哀想で、誰にもお勧めできない」

それもそうだ。おまさの幸せのために、他の誰かを不幸にするんじゃ寝覚めが悪い。でもあまりのんびりしていたら、別の筋から藤治郎の再縁が決まってしまうかもしれないのだ。

おりんは困ってこめかみを揉む。他者を本気で憎んだこともなく、まっすぐに生きてきたおりんには、これといった妙案が思いつかない。

「いっそのこと、天罰が下ればいいのに」

考えに窮してそう口走ってから、おりんは「あっ！」と口元を押さえる。

どれほどの人でなしであろうとも、お蓮にとっては実の親である。赤の他人に口さがないことを言われては、決していい気持ちはしないだろう。

「ごめん、言い過ぎた」

「構わないわ。あたしだってそう思ってる」

気にしていないと、お蓮は肩をすくめる。なんとなく投げやりな仕草である。

「笑えるでしょ。あたしもしょせん、あの人たちの娘だわ。孝行心なんか、持ち合わせちゃいないのよ」

この江戸の世では、孝行娘の物語がもてはやされる。貧しい親を助けるために身を売ることですら、親孝行だと持ち上げられる。

おりんはそれを、前から疑問に感じていた。なにか具合の悪いことをごまかすために、綺麗な言葉を当てはめているだけに聞こえる。

「そんなことない。親の都合に振り回されることを、孝行なんて呼んじゃ駄目。そりゃお前は口が悪いし、態度も大きくて何様だと思うけど、そこまでひどくないわ。大丈夫よ」

慰めてやろうと思ったのに、途中から庇いきれないところが口を突いて出てしまった。

「アンタねぇ」

お蓮は呆れて眉を寄せる。しかしその口元は、微かに綻んでいるように見えた。

気づけば障子窓の向こう側は、闇が払われたように淡くなりつつある。

夏の短夜だ。眠っていたはずの雲雀が、「ピルルッ」と小さく地鳴きをした。

「ありがとう」

ふいに礼を言われた気がして、おりんは雲雀に遣った眼差しを元に戻す。

「えっ？」と聞き返すと、お蓮はそっぽを向いて聞こえないふりをした。

四

まったく、寝苦しいったらありゃしない。

障子窓を開ければ少しは風が入るだろうに、用心のためそれはならぬと止められて、市松は汗みずくで起き上がる。なんとか眠ろうと試みたものの、己の置かれた立場とこの暑さで、眠りは途切れ途切れになってしまった。

外は白々と明け初めて、市場に蔬菜を売りにゆくらしい大八車の音がする。これ以上は眠れぬと諦めて、市松は首の布を巻き直した。

肌がべたつき、長襦袢の合わせから汗のにおいが立ちのぼってくる。湯に入りたいなどと贅沢は言わぬから、せめて水で濡らした手拭いがほしい。

お勝手に行ってもらってきたいところだが、芸者拵えの市松がこの刻限に妓楼の中をうろつくわけにはいかなかった。

金屏風に掛けておいた着物を羽織り、ゆるく着付ける。白粉を落とさずに寝たものだから、顔が重たい。きっと剝げ放題で、見苦しいことになっているのだろう。

袂で顔を隠しながら、隣に続く唐紙をそっと開ける。ちょうどそこにもたれて座っていたようで、黒沢が慌てて身を起こした。

「あら、すみません」

もしかすると、居眠りをしていたのかもしれない。袂の陰から窺うと、黒沢は眩しそうに瞬きをしている。片膝を立てた姿勢で座り、腰に脇差し、肩に長刀をもたせかけており、夜通し見張りをしてくれていたようだ。

だが八畳間の有様を見るかぎり、そんな気遣いは不要だったらしい。昨夜の深酒が効いたのか、巳之助や浪士たちは布団も敷かずにひっくり返り、堂々と鼾をかいている。これは当分、起きそうもない。

重たげな瞼を無理に開き、黒沢が微笑みかけてくる。

「ああ、月弥。早いな」

「そりゃあ、あんまり眠れませんでしたからね」

「無理をさせて悪かったな。ところでお前は、なぜ顔を隠している」

「お化粧が剝げて、見られたもんじゃないからですよ」

「なんだ、そんなことを気にするのか。案外可愛いところがあるじゃないか」

化粧の剝げた顔を見せられないのは恥じらいではなく、万が一にも男とばれては困るからなのだが。黒沢は勝手な解釈をして、朗らかに笑っている。

可愛いという褒め言葉が妙にこそばゆく、市松は袂の陰で顔をしかめた。

「化粧道具なら、頼んでおいた。おそらく部屋の前に届いているのではないか」

「あら、そうでしたか」

よく気の回る男である。もしかすると浪士たちの間でも、調整役のようなことをしているのかもしれなかった。

「ありがとうございます。それじゃ、もう少し見張りをお願いしますよ」

さらりと礼を言い、市松は再び六畳間に引っ込む。廊下に面した障子を開けてみると、たしかに化粧道具が一式揃っていた。

脚付き盥には水が満たされ、手拭いも添えられている。剃刀（かみそり）があればなおいいのだが、刃物は持たせぬよう言い含められたか、代わりに毛抜きが用意されていた。

これだけ揃えてもらえたなら、文句はない。市松は道具をすべて室内に運び込み、手早く支度を済ませた。

「すみませんね。すっかりお待たせをしてしまって」

隙のないよう顔を作り、唐紙を開けてみると、黒沢は先ほどと同じところに座していた。

お天道様はすっかり昇ったらしく、部屋の隅まではっきりと見渡せる。朝のうちに発つ客と、それを見送る娼妓の足音が廊下から伝わってきた。

「呆れたねぇ。この暑いのに、よく眠れるもんですよ」

外の慌ただしさをものともせず、浪士たちと巳之助は眠りを貪り続けている。寝苦しい夜が明け、気温はさらに上がったようだ。男たちの汗が蒸れ、締め切った部屋には腐った飯のような酸っぱいにおいがこもっていた。

「大目に見てやってくれ。寝坊をするのも、これが最後やもしれぬから」

黒沢がなんでもないことのように発した言葉に、市松はハッと息を呑む。

そうであった。英吉利公使館への襲撃は、今夜決行されるのだ。

英吉利人たちを守るため、東禅寺には警護の幕臣が詰めている。番方の嫌がる仕事ゆえ、講武所から集められた腕のたしかな者どもらしい。彼らに見つかり斬り合いとなれば、今は暢気に眠っている浪士たちも、生きては帰れぬかもしれなかった。

市松は黒沢の膝先近くで熟睡している若者に目を落とす。巳之助といくつも変わらないようだと思い尋ねてみたら、無邪気に十九だと答えた。此度(こたび)の襲撃に加わる中では、最も若年であるという。

――なぜ？

胸に浮かんだ疑問を、口に出すことはなかった。

すべては神州日本を守るため、国威を取り戻さんがため。

酒宴の最中に何度もそう言って気焔を上げた浪士たちを、市松はきっと永久に理解できないだろう。夷狄を殺傷したその先に、はたして彼らの理想郷はあるのだろうか。それは命を捨てて臨むほどに、価値のあるものなのだろうか。

楽になりたければ方法はいくらもあったろうが、命あっての物種と、あらゆることに歯を食いしばって耐えてきた。だからこそようやっと、囚われの身ではなくなったのだ。理想があるならなおのこと、石に齧りついてでも生きねばならぬと思っている。

だが市松と浪士たちでは、生まれも育ちもまるで違う。彼らの覚悟に水を差すとは、兎が亀になぜそんなにのろいのかと尋ねるようなものだろう。子供のようなあどけない寝顔を眺めつつ、市松は若い命を惜しむ心に蓋をした。

「それなら黒沢様も、ひと眠りしてくださいな。ちょうど隣に、布団が敷きっぱなしになっておりますから」

気を取り直し、唐紙をさらに引き開ける。さすがに三枚重ねとはいかないが、たっぷりと綿の詰まった布団が延べられている。

黒沢は部屋を覗き込み、首元を微かに上気させた。

「いやしかし、お前が寝ていた布団だろう」

「ええ、いかにも。少し汗臭いかもしれませんね」

市松は先に立ち、布団の傍らに腰を下ろす。この暑さでは、体に掛ける夜着はいらぬだろう。枕を直し、「さぁどうぞ」と手のひらで指し示す。

黒沢とて、眠くないはずがない。肩に立てかけていた長刀を手にのそりと立ち、後ろ手に唐紙を閉ざした。

そのとたん、浪士たちの高鼾が遠ざかる。雑多な気配が遮られ、一人の男の汗のにおいだけが際立った。それは不思議と、不快なにおいではなかった。

市松が見守る中、黒沢は大小を脇に置き、布団に身を横たえる。かと思うと市松の右手を握り、手前にぐっと引いた。

「なにを」

容易くよろめき、市松は空いたほうの手で体を支える。この男ならば無体はするまいと、油断したのがいけなかった。

「そう身を固くするな。手を握っておくだけだ。眠っているうちに、逃げられては敵わんからな」

本当に、なにもする気はないのだろうか。疑いの眼差しを向けると、黒沢は「ほら、このとおり」と早々に目を閉じてしまった。

「やですよ。今さらどこにも逃げやしません」

「そうか。ならば安心だ」

言葉とは裏腹に、いっそう強く手を握られる。たちまちのうちに、どちらのものともつかぬ汗が手のひらをじわりと湿らせた。

「このくらいは許せ。俺もまったく、恐くないわけではない」

はじめて聞く、黒沢の弱音だった。

いいやこれは、ここにいるすべての浪士たちの本音だ。威勢のいいことばかりを口にしても、浴びるように飲む酒の量に彼らの恐怖が窺えた。「恐い」と口に出して言えるだけ、きっと黒沢は強いのだろう。

市松は肩の力を抜き、膝を崩して座り直す。左手も添えて、黒沢の手を握り込んでやった。

「恐くても、やめる気はないんでしょう」

「無論。世の乱れは正さねばならぬ」

不思議なものだ。市井には、過激派浪士こそが世の乱れと嘆く人もいる。しかし当人たちは、世がすでに乱れていると言う。

おそらく世の中に求めるものが、それぞれに違いすぎるのだ。たとえ彼らの理想が叶ったとしても、誰もが満足できる世が訪れることなど決してない。

「生きて、戻ってきてくださいましよ」

先ほどは飲み込めた言葉が、口の端から零れてゆく。市松はやはり彼らの行いに、命を賭ける価値が見出せなかった。

「それこそ若旦那が言ってたように、しばらく芝の楓屋に匿ってもらえばいいんですよ。東海道沿いにありますから、このあたりに不案内でもすぐ分かります」

黒沢は薄く目を開き、市松の顔をじっと見上げる。まるで母の面影を探す、幼子のような眼差しだ。

市松も、吸い込まれるように目を見返す。大人の男の瞳がこんなにも澄んでいるのを、はじめて見た気がした。

しばらくは、なにも言わずに眼差しだけを絡めていた。やがて黒沢は、想いを断ち切るように目を閉じた。

「よせ。未練になる」

市松を布団に引きずり込もうとせず、手を握るに留めているのも、おそらく同じ理由なのだろう。目を閉じていると、彼の一本気な眉はいっそう清々しく見える。

それ以上、市松はなにも言わなかった。廊下からは客を見送る娼妓たちの、心にもない言葉が聞こえてくる。

「また来ておくれよ。お前さんの顔を三日も見ないと、あたしゃ寂しくて死んじまうよ」

「なにが憎いって、朝ほど憎いものはありゃしない。本当はお前さんの見送りなんざ、したくないいんだよ」

「ね、お前さん。どうか今夜も来ておくれよ。お前さんが来てくれるからこそ、あたしは辛い勤めも我慢できるんだからね」

かつては市松も、似たような台詞を舌の先に乗せていた。コツさえ摑めば、唄の文句のように言葉が出てくる。

いいや、あれは言葉ですらない。ただの囀りだ。意味も分からずに喋る鸚鵡と似たようなもの。

けれども気をつけなきゃいけない。まことのないことばかり口にしていると、いずれは己のまことがどこにあるかも判然としなくなってくる。

娼妓たちの囀りが収まると、黒沢の微かな寝息が聞こえてきた。

最後になるかもしれないその眠りを妨げぬよう、市松は彼が目覚めるまで、ぴくりともそこを動かなかった。

第六章　夏雲雀

一

あら嫌だ、人が増えたよ。

五月二十八日、暮れ六つ過ぎ。それは虎屋に馴染みの客が、ちらほらと登楼しはじめた頃合いであった。

八畳間の障子が勢いよく開いたかと思うと、ひときわ武骨な男たちが四人ほど、どやどやと入り込んできた。

「よし、これで皆揃ったな」

と言うところを見ると、襲撃に加わる人数はこれですべてらしい。浪士たちはあらかじめ、二つの妓楼に分かれて泊まっていたのだ。

ひい、ふう、みい、と胸の内で数えてみると、合わせて十四人もいる。部屋にはいっそう熱気がこもり、調度をいくつか隣に移さねば、全員が座りきれないほどである。

「おい、なんだこの女と町人は」

浪士たちが座る場所を作っている間に、新参の目つきの悪い男に見咎められた。事情を説明され、男はチッと舌を打つ。

「そんなことなら、問答無用で斬ってしまえばよかろうに」

そう言うと、口だけでなく腰の長刀に手を伸ばし、鯉口を切った。

浪士たちに慣れて気の抜けていた巳之助が、「ヒッ！」と息を呑んで市松の背後に回り込む。女を盾にしようとは、いい度胸である。

「およしなさいな。大事な斬り込みを前にして、無駄な騒ぎは禁物でしょう」

市松は微動だにせず、むしろ胸を張ってみせた。その程度のことは、相手の浪士も承知の上に違いない。

「なるほど、肝が据わっておるな」

案の定、目つきの悪い男はあっさりと長刀から手を離した。

「いい女だろう」と黒沢も、動じることなく笑っている。

彼を含め昼過ぎまで寝ていた浪士たちは、湯に入って髭を剃り、髷を整えてこざっぱりとした風体になっている。おそらく新たに加わった者たちも、念入りに身を清めてから来たのだろう。膝が触れ合うほどに男ばかりが集っても、煮詰めたような汗のにおいはしなかった。

「あのぅ。皆さん、そろそろ行かれるんで？」

よせばいいのに早く解放されたいばっかりに、巳之助が市松の肩越しに首を伸ばす。

思い思いに寛ぎはじめた浪士の一人が、「いいや、まだだ」と首を振った。

「こんな宵のうちから斬り込んだとて、警護の者は起きていよう。寝静まるまでの辛抱だ」

「しかし、待っているだけではつまらぬ。固めの杯を交わさねばな」

「おい巳之助、また酒と台の物を頼む」

今宵もまた、さらに人数が増えた浪士たちに、大盤振る舞いを強請（ねだ）られている。断れるはずもなく、巳之助は「うへぇ」と小声で呻いた。

「おい女、酒と料理が届いたら、お前は三味線を弾いてくれ。我らの声が外に洩れぬよう、景気よくな」

簡単な説明をされただけなのに、目つきの悪い男はここに芸者がいる意味をよく心得ている。市松は返事をする代わりに、にっこりと微笑み返した。

というのもよく知る声が、廊下から聞こえた気がしたからである。市松は微笑んだまま、聞き耳を立てた。

「あら、ずいぶん久し振りだね。体はもういいのかい」

これは以前、市松に化粧水はなにを使っているのかと尋ねてきた芸者か。よく通る声が、それに応じる。

「ああ、もうすっかり治ったよ。むしろ前より元気なくらいだ。休んじまったぶん、たっぷりと稼がなきゃね」

紛れもなく、妹弟子のお蝶である。

おやおや、やっぱり悪い風邪は治っちまったか。

ばれないよう、市松はそっと忍び笑いを洩らす。あの跳ねっ返りが、お座敷から戻らぬ姉弟子をそのままにしておくはずがない。必ずや、様子を窺いに来るだろうと踏んでいた。

さて、どうしたものかね。

お蝶ともう一人の芸者が、話しながら部屋の前を通り過ぎてゆく。浪士どもの目が行き届かぬ場所といえば、あそこしかない。

「すみませんがお座敷の前に、厠に行っておきたいんですが」

女の厠は、男用とは別で一階の腰湯場の奥にある。客と共寝をした娼妓は股の詰め物を掻き出してから腰湯を使うため、その配置となっているのだろう。

「では、拙者が供をしよう」

そう言って、立ち上がったのは黒沢だ。

厠に行くのさえ、一人では許されぬ。しかし彼らは、さすがに中までは入ってこない。

連れ立って廊下に出ると、ちょうどロの字形の回廊の、向かいにお蝶たちはいた。あちらもすぐに、市松に気づいたようだ。一瞬だが、はっきりと目が合った。

浪士らしき男の前を歩かされている市松を見て、お蝶はさぞかし驚いたに違いない。だが芸者暮らしが長いだけあって、驚愕が面に出る前に顔を背けた。

気づいてもらえたなら、問題ない。黒沢に伴われ、市松は一階の厠へと向かった。

「では、拙者はここで待っておる」

これまでの用足しでもそうであったように、見張りの黒沢は腰湯場の手前で足を止めた。市松は軽く会釈をして、厠の中に入ってゆく。

厠は中庭に面して突き出しており、娼妓を逃がさぬよう、窓には木格子が嵌まっている。抱えている女の数にしては、個室が二つしかないのは少ないように思えた。暑さで糞尿が腐るのか、耐えがたいにおいがする中で、市松は佇んだまましばし待つ。大きな蠅がブンブンと飛び回るのを眺めていたら、「ちょいと、すみませんよ」と誰かに断りながら厠に入ってきた者がいる。

「姉さん！」

むせかえるほどの臭気をものともせず、縋りついてきたのはお蝶であった。

「いったいなにがあったのさ。お座敷に行ったっきり、帰ってこないんだもの。アタシ、本当に心配したんだからね」

声を落とし、潤んだ目で見上げてくる。その肩を市松は、「すまなかったね」と撫でた。

「だけど、捜しに来てくれて助かった。ありがとうよ」

礼を言うと、お蝶は息が触れ合うほどの近さにまで顔を寄せてきた。この距離ならば、どれだけ声を潜めていても聞き取れる。

「あの見張りに立ってるの、例の水戸っぽだろ。厄介事に巻き込まれたんだね。アタシにできることはある？」

面倒のない女だ。お蝶は自分でも、考えるのが苦手と分かっている。ゆえに下手な策を弄することなく、己にできることだけを問うてくる。

「詳しい事情を話している暇はない。どうかひとつだけ、頼まれておくれ」

見張りがついていなくとも、ここに長居をしては臭気が衣服に染みつきそうだ。

市松はお蝶の耳元に口を寄せる。

手短に頼み事を告げると、お蝶は「任しとくれ」と豊かな胸を叩いた。

ハアコリャコリャ
エー、奴さんどちら行く　ハアコリャコリャ
旦那お迎えに　さても寒いのに供揃い
雪の降る夜も風の夜も　サテお供は辛いね

いつも奴さんは高端折(たかばしより)　アリャセコリャセ
それもそうかいな　エー

陽気な端唄『奴さん』の調べに合わせ、巳之助が尻を突き出し唄い踊る。

お座敷遊びを重ねてきただけあって、声は案外悪くない。しかし踊りは見よう見真似。袖先をキュッと握ってしなを作るさまが、浪士たちにうけている。

「よいぞ、巳之助。もっとやれ」

「もちっと色気を出さんか」

やんややんやと囃し立てられ、巳之助もまんざらではない様子。市松は「ハアマダマダ」と合いの手を入れ、二番を弾き始める。

浪士たちの飲む酒の量は、昨夜の比ではない。間が空くのを恐れるかのように、文字どおり浴びるほど飲んでいる。なにかを麻痺させていないと、刻一刻と過ぎてゆく時の流れに耐えられぬのだろう。

「それ、もう一度！」

巳之助が二番を踊り終えても、浪士たちは手拍子を打ち続ける。明るく楽しいこの曲が、お気に召したらしい。市松はまた頭から三味線を弾き始める。

部屋の隅では目つきの悪い男が、黙々と墨を磨っていた。思う濃さに磨り上がったらしく、「よし」と頷くとやにわに帯を解きはじめる。

「おい、なにをしておる」

傍らにいた者に見咎められ、男は豪快に笑った。

「我らの志がひと目で分かるよう、書き記しておこうと思うてな」

そう言うと見咎めた男に筆を渡し、くるりと白襦袢を着た背を向けた。

「死を以て国に報ゆるということを、書いてくれ」

「おお、それはよい」

その案に周りの浪士たちも膝を打ち、着ている着物を脱ぎはじめる。揃いも揃って目も覚めるような白襦袢姿なのは、この日のために特別に用意したものであろう。

「名はどうする。書くか」

「そんなものを易々と曝してどうする」

「各々の歳を書いてはどうだ」

「そうしよう、そうしよう」

手から手へと筆が渡り、隣の者に志と年齢を書かせてゆく。最も年嵩の者で三十八。半数ほどが二十代で、十代は一人。黒沢の襦袢には、二十九と書かれていた。

このうちの幾人が、生きて朝日を拝めるのだろう。若い命が死地へと旅立つ様を、図らずも見送る羽目になろうとは。気を引き締めておかないと、陽気なはずの『奴さん』の調べに湿っぽいものが混じってしまう。

ハアコリャコリャ。

巳之助を休むことなく踊らせておきながら、浪士たちは白襦袢姿のまま酒を飲み続ける。台の物をほとんど頼まず酒ばかりなのは、腹を斬られても見苦しくないようにという配慮なのかもしれない。

男たちは酔いに任せ、尊攘の大義とやらを高らかに謳いだす。その大声をごまかすため、市松は調子外れは承知の上で、撥を強く胴に叩きつけた。

合図は宵五つ（午後八時）の鐘であった。

浪士たちは鐘が鳴り終わるのを待たずに立ち上がり、襦袢の墨が乾いたのをたしかめると着物を重ねた。先ほどまでの馬鹿騒ぎが嘘のように、ものも言わずに支度をしてゆく。

「皆、趣意書は持ったか」

「おう！」

若年の浪士が燗徳利を手に、それぞれの盃を満たして回る。男たちは立ったまま、それを頭上に差し上げた。

「神州日本の穢れを払わんがために」

「いやさか！」

声を揃えると浪士たちは、一斉に酒を飲み干した。いよいよ出立のときである。

「よいか、お前たちは引け四つまでここにいろ」

市松の肩を摑み、黒沢が顔を寄せてくる。三味線を弾く手を緩めることなく、こちらからも問い返した。

「あの人たち、大丈夫なんですか」

黒沢はさほどでもないが、浪士たちの多くは顔を熟柿のごとく染め、すっかり出来上がっているように見える。いざ出立と意気込んでみたものの足元が怪しく、肘を支えられている者すらも。警護の人数がどれほどか知らないが、はたして渡り合えるのだろうか。

かほどに酔わねば斬り込めぬなら、襲撃などやめてしまえばいいのに。

しかし黒沢は、「大事ない」と首を振る。

「高輪までの道中で、酔いは覚める。それよりお前たちはここに――」

「分かりましたよ。大人しくしておりますから、さっさと死地にでもなんでも赴いてくださいな」

男たちは、行ってしまう。国元に残してきたであろう妻子や親の面影も、彼らの歩みを止めさせはしない。己の信念にのみ従って生きる純粋さなど、この身には許されてこなかったというのに。

市松はわざと三味線の音を落とし、巳之助に問いかける。

「ねぇ、巳之助の若旦那。なにかあったときにゃ、皆さんを楓屋で匿えるとおっしゃっていましたよね」

まだ踊り続けていた巳之助は、息を切らしながら「へぇへぇ」と腰を低くした。

「遠慮なくお越しくださいませ。なぁに三、四人と言わず、十人でも二十人でも。はは、はははははは」

金も体力もむしり取られ、もはややけっぱち。その安請け合いを背中で聞いてから、浪士たちは「ゆくぞ」と次々に出立していった。

最後に黒沢が出てゆき、こちらを見返ってから障子を閉める。彼らの足音をかき消すように、市松は三味線を弾き続けた。

「ああ、疲れた。ちくしょう、冗談じゃねぇや」

先ほどまでの愛嬌はどこへやら。巳之助がその場にひっくり返り、忌々しげに悪態をつく。休みなく踊らされていたせいで、胸が激しく波打っている。

市松も三味線を弾く手を止めて、三の糸を緩めながらくすくす笑った。

「いいんですか。あの人たち、本当に楓屋に逃げてくるかもしれませんよ」

「へん、そんなわけあるか。誰も生きて帰らねぇよ。見たろ、あいつらの酔態を。あれなら俺だって勝てるぜ」

今さらにして、威勢のいい巳之助である。暑い暑いと文句を言いつつ着物の前をはだけさせ、ふうと大きく息をついた。

「散々な目に遭ったなぁ、月弥。今からお貴んとこへ行って、飲み直そうぜ」

「お貴さんにはきっと、別の客がついていますよ」

今夜はもう、お座敷に侍（はべ）る気分ではない。市松は三味線を抱えたまま立ち上がる。

「言いつけどおり、アタシは大人しくしておきます。ま、隣へは移りますがね」

さっきまで浪士たちが飲めや歌えやと騒いでいた部屋は、盃が散らばり徳利が倒れ、いかにも大人数の宴の跡といった風情である。万一捕吏に踏み込まれた場合、ここに留まっていては面倒なことになりそうだった。

「なんだ。やけに聞き分けがいいじゃねぇか」

「アタシはいつだって、聞き分けのいい女ですよ」

「ぬかしやがらぁ」と、巳之助が欠伸(あくび)を嚙み殺す。

べつに、黒沢に言い含められたからではない。お蝶の長屋に戻るよりはここにいたほうが、異変があったときに察しやすい。こうまで深く関わってしまったら、騒動の顚末が気がかりだった。

市松は隣へと続く唐紙を開け、行灯に火を入れた。ついでに東海道に面した障子窓を開けてみるも、風はそよとも吹き込まない。まるでぬるい寒天の中にでもいるような、嫌な夜だ。

高輪は近いといえ、窓から身を乗り出したところで見えるはずもなし。品川の町は悲喜こもごもを飲み込んで栄え、今夜も妓たちが健気に体を開いている。三味線や唄に紛れて通りからは、客の袖引く若い衆の、呼び込みの声がする。

近くで急に蛙が鳴きだした。と思ったら、巳之助の鼾であった。踊り疲れたのか着物をはだけて褌を見せたまま、寝入ってしまったようである。

この男のことはもう、捨て置いても構わない。巳之助を起こしてやることもせず、市松は唐紙をそっと閉めた。

二

撥は使わずに、一人静かに三味線を爪弾いて時を過ごす。

これはこれで、趣があってよい。しっとりと三下がりの曲を弾くうちに、夜は焦れるように更けてゆく。

別の座敷からも窓の外からも、聞こえる三味線の音が少なくなってきた。そろそろ引け四つが近いのだ。浪士たちが威勢よく出て行ってから、早くも二刻が経とうとしていた。

いくらなんでも、遅いんじゃないかい。

高輪で騒ぎがあれば、品川まではすぐ伝わるだろう。そう思い、ここでじっと待っていた。もしや襲撃の直前に、彼らは尻込みしたのだろうか。

それはそれで、困っちまうね。

三味線を弾くのをやめ、市松はそれを片づけはじめる。引け四つを過ぎれば今夜もまた、見世から出られなくなってしまう。二夜居続けは御免被りたかった。

もう潮時かと、諦めかけたそのときである。遠くから、悲鳴のようなものが聞こえた気がした。

市松は身を翻し、開け放しておいた窓に取りつく。東海道の向こう側から、道行く人の悲鳴やざわめきが伝わり、近づいてくる。

「うわ、なんだ！」

「ひぃぃ、お助け！」

「おいコラ。危ねぇじゃねぇか、ちくしょう。ヒック！」

月のない夜だが両側に建ち並ぶ妓楼の明かりで、通りの様子はつぶさに窺える。残飯を漁っていた犬が、ただならぬ気配に気づいて猛然と吠えだした。

目を凝らしてみるとなにか白いものが、高輪方面から近づいてくる。次第にそれは、白襦袢を纏った人の形になった。

「あっ！」

市松は声を上げ、その口を手で押さえる。

走ってくるのは、黒沢だった。少し遅れてもう一人。例の、目つきの悪い浪士である。

なんだってここに、戻ってきちまうんだよ。

呆然としているうちに、二人の浪士は見世の前に立っていた若い衆を押しのけて虎屋に駆け込んでくる。踏みしだくような足音と妓たちの悲鳴が、建物の中にこだました。

市松は着物の衿を引き締めて、慌てて部屋の外に出る。ちょうど黒沢ともう一人が、階段を上って廊下を走ってくるところだった。

「月弥、まだいたか」

市松の姿を認め、黒沢の険しい顔がわずかに緩む。白襦袢姿だからよく分かる。その右肩は、ずぶりと血に濡れている。彼が目の前で立ち止まると、臓物のような生臭さが鼻をついた。

息は荒いが、おそらく一目散に駆けてきたせいだろう。深手を負っているようには見えぬから、肩の汚れは返り血に違いない。その血の濃さが、戦闘の激しさを物語っていた。

目つきの悪い男が黒沢を追い越して、八畳間に駆け込んでゆく。まだ中で寝ていたらしい巳之助が「ぎゃあ！」と叫び、お膳を蹴倒したのか器の割れる音がした。

周囲が騒然とする中で、市松は静かに黒沢を見上げる。相手もまた、襲撃の興奮が残る眼差しで見つめてきた。

「まさか、お戻りとは」

「ああ、やはり未練になった。死地を抜けたと思ったら、お前の顔をひと目見ておきたくなった」

黒沢の手が、市松の頬に伸びてくる。触れる寸前で手のひらが血に汚れているのに気づき、手前でぐっと握り込んだ。

市松は、その熱だけをただ感じ取る。

表の通りに、再びざわめきの波が戻った。市松はハッとして部屋に駆け込み、外を窺う。

遥か遠くからまた、白いものが近づいてくる。黒沢につられて逃げてきたのか、白装束が二、三人。さらにその向こうに見えるのは、追っ手の持つ灯ではなかろうか。

「大変」

このままでは、見世ごと捕吏に囲まれる。窓の外に顔を出そうとする黒沢を、市松は押し留めた。

「逃げて！」

ひと声叫び、八畳間との境の唐紙を開け放つ。巳之助はがたがたと震えながら縮こまっており、目つきの悪い浪士は徳利に口をつけて残った酒で喉の渇きを癒やしていた。

「追っ手が来ます。早く」

市松は、関わりがないはずの巳之助の衿首を摑んで立たせる。徳利を放り投げ、目つきの悪い浪士も後に続いた。

「ほら、ほら！」

市松に押され急かされて、三人の男たちは転がるように裏梯子を下りてゆく。黒沢ともう一人は藁草履を履いたまま。巳之助は裸足で、市松は足袋だったが、構わず中庭に飛び下りた。

「逃げると言っても、どこに」

わけも分からず走りながら、黒沢が問うてくる。表の通りに走り出れば、捕吏の目に触れるに違いない。

「海へ！」

市松は短く答えた。

中庭に配された池の、朱塗りの太鼓橋を渡ると、見世の裏へと通じる外廊下が見えてくる。その先の垣根を越えさえすれば、そこはもう海である。

品川の海は遠浅だ。よっぽど沖に行かぬかぎりは足がつく。東海道が捕吏で埋めつくされようとも、海の中を歩いて芝までたどり着けるはずだった。

「襦袢は脱いでくださいまし」

闇夜の中に、白襦袢は目立つ。遠目にも、人が渡ってゆくのが見えるかもしれない。

黒沢と目つきの悪い男は、素早く襦袢を脱いで長刀を手に持った。市松はその襦袢を受け取ると、ちょうど通りかかった下男に丸めて押しつける。

「風呂に焼べちまっとくれ！」

燃やしてしまえば、二人がここに逃げてきた跡は残らない。「すぐに！」と下男を急かしてから、見世の裏へと駆けだしてゆく。

垣根は妓たちを逃がさぬよう、青竹をみっちりと並べて強固に作られていた。一箇所だけ設けられた戸にも、固く錠が下りている。

「竹垣を斬れませんか」

「無茶を言うな」

一本ならともかく、隙間なく縦に並べられた青竹は斬れぬという。

目つきの悪い男が錠を手に取り、刀の柄を打ちつけはじめた。

だがそれしきではびくともしない。キョロキョロと周りを見回していた巳之助が、しゃがんでなにかを持ち上げた。

「これで打ったほうがよかぁないですかね」

彼が手にしているのは、拳大の石である。黒沢がすぐさま「よし！」と受け取り、錠を打つ。

背後がやけに、騒がしくなってきた。ドタドタという足音は、遅れてきた浪士たちが駆け込んできたのだろうか。未練ありげに振り返ろうとする黒沢を、市松は「急いで!」と急き立てる。

彼らを迎えに行っている暇は、もはやない。黒沢にもそれは分かっており、口惜しげに唇を嚙みしめる。

「貸せ、俺がやる」

手元が鈍りだした黒沢から、目つきの悪い男が石を奪い取る。幸いにも潮風で錆が回っていたらしく、何度か打ちつけるうちに錠前の閂がパキリと折れた。

勢いよく戸を開けて、男たちは次々に走りだしてゆく。海辺は石垣で護岸されており、船で着く客のために、船寄せ場が張り出している。そこから目つきの悪い男と黒沢は、迷いを断ち切り海へと身を躍らせた。

「ほら、若旦那も。楓屋まで案内しなくちゃだろ」

「えっ。う、うん」

背を押してやると巳之助も、釣られて海に飛び込んだ。

実に乗せられやすい男である。彼に少しでも己の意思というものがあれば、ろくでもない親に踊らされずに済んだはずであった。

「さらば！」

黒沢が一度だけ振り返り、男たちは膝ほどの深さしかない浅瀬を走ってゆく。

今度こそ、さよならだ。彼らとはこの先二度と、相まみえることはないだろう。

黒い海に紛れて、男たちは逃げてゆく。遠ざかってゆく背中は間もなく闇に呑まれ、寄せては返す波の音だけが、耳にこびりつくようだった。

人気のない船寄せ場に、どれほど佇んでいただろう。飛沫（しぶき）に濡れながら海の彼方を見つめていた市松は、「キャー！」という女の金切り声に我に返った。

その悲鳴は、妓楼の中から聞こえてきた。遅れてやって来た浪士たちにも、なにか事が起こったようだ。

慌てて垣根の内に入り、壊れた錠を戸に引っかけてから、妓楼へと取って返す。

中庭には長襦袢姿のまま逃げてきた娼妓と客の姿があり、二階を見上げれば例の八畳間が窺える向かいの回廊に、人が鈴生りになっていた。

あるいは眉を寄せ、あるいは顔を伏せ、痛ましそうにはしているが、誰もが好奇の虫を抑えきれずそこにいる。市松は汚れた足袋のまま、中庭から一階の縁に上がった。

そのまま妓楼の入り口近くにある、大階段を目指してゆく。引け四つを過ぎても表戸を閉めることは叶わず、捕吏が玄関先にまで足を踏み入れている。彼らが掲げる松明（たいまつ）や提灯の灯で、表通りは燃えるようだ。虎屋はすでに、追っ手に取り囲まれていた。

たどり着いた大階段の足元には、娼妓が一人。魂を抜かれたように座り込んでいる。燕柄の仕掛けはたしか、姉女郎からの借り物だ。巳之助の敵娼の、お貴である。

「いったいなにがあったんだい」

肩に手を添えてやると、お貴は相手が憎き「月弥」であることにも気づかずに、凄まじい力で縋りついてきた。顔は血の気が引いており、目だけが異様な光を放っている。

「さ、さ、侍が」

寒くもないのに歯の根が合っておらず、声が途切れ途切れになる。市松は気つけのためにも、その体を軽く揺さぶってやった。

「侍が？」

「は、は、は、腹を――」

事情を知るには、それだけで充分だった。喉元に込み上げてくるものを堪え、市松はぐっと目を瞑る。

遅れて逃げてきた浪士たちは、はたして幾人いたのだろう。死地から生きて帰ったものの、追っ手に囲まれたと悟り、潔く腹を切ったのだ。

その中に、あの最も若年の浪士はいたのだろうか。市松はお貴の手を振り切って、大階段を上りはじめる。だがその半ばほどで、上から下りてきた男に止められた。

「よせ。これ以上は行くな」

五十がらみの、恰幅のいい男だ。「悪い風邪」をひいたお蝶の代わりを務めることになったと、初日に挨拶したことがある。この虎屋の楼主である。

「部屋に、三味線箱を置いてきちまったんですよ」

無理を言って押し通ろうとしても、やはり「よせ」と腕を取られた。

この男はおそらく、浪士たちに留め置かれていた芸者が市松だと知っている。奇妙な縁ながらもひと晩を共に過ごした顔見知りの、変わり果てた姿を目に触れさすまいとしているのだ。

「三味線箱は、若い衆に持ってこさせる」

そう言って、市松の腕を放さぬまま残りの階段を下りてゆく。引きずられるようにして、市松もそれに従った。

玄関先にいた捕吏たちは、すでに大階段のすぐ傍まで迫っていた。その筆頭らしき男に向けて、楼主は落ち着いた声で告げる。

「自刃して果てた者が二人。もう一人、死にきれずに苦しんでいる。他にはおらん」

「よし」

筆頭が頷くと同時に、捕吏たちは一斉に大階段を駆け上がってゆく。その波から庇うように楼主はお貴を引き起こし、市松と共に離れたところに座らせた。

階上から「おうい、こっちだ」と、捕吏の呼び合う声が聞こえてくる。

「うっ、これはひどいな」

「ああ、まさに血の海だ」

「誰か、戸板を持ってこさせろ」

走り回るのに慣れていないせいで、今ごろになって息切れがする。冗談みたいに手が震え、視界もぐらぐらと揺れていた。

市松は胸を押さえ、まるで浜に打ち上げられた魚のように激しく喘(あえ)いだ。

三

深夜というのに表通りは明るくて、捕吏が行き交うその向こうには、野次馬が溢れかえっていた。

大人だけでなく、年端も行かぬ子供の姿まである。市松が三味線箱を抱えてふらふらと歩み出てゆくと、その垣根を割るようにして、女が一人近づいてきた。

「姉さん、大事ないかい」

気遣わしげに眉を寄せ、お蝶が三味線箱を受け取らんと手を伸ばしてくる。体がひどく怠くって、市松はその好意に甘えることにした。

「言いつけどおり、四谷の捨吉さんに繫ぎを取ったよ」

「ああ、ありがとう。遠いのにすまなかったね」

「いいや、言われたことを手紙に書いて、久作を走らせた。そのほうが速いからね」

久作とは誰かと思ったら、お蝶とできている置屋の迎えだ。たしかにそのほうが速いし、日が暮れてからの女の一人歩きは物騒でもある。お蝶にしては、よい判断だ。

「よしよし、いい子だ」

疲れているのか、声に力が入らない。足元が定まらず、お蝶のむっちりとした腕に腰を支えられた。

「うちに帰るかい?」

「ああ、そうだね。いったん休もう」

これ以上ここにいても、市松にできることはなにもない。よろめきながら歩きだしたところに、虎屋の入り口から「どいたどいた!」と人足が飛び出してきた。

彼らは二人ひと組になって、戸板を運んでいた。その上には血に濡れた襦袢姿の男が横たわり、腹を押さえて悲痛な呻き声を上げている。

名までは聞かなかったが、見知った男だ。腹を切っても死にきれず、とどめすら刺してもらえなかったらしい。震動が傷に響くらしく、人足が足を踏み出すごとに耳を塞ぎたくなるような悲鳴が上がる。

それに続いて一枚、二枚と、戸板が運ばれてゆく。そちらは静かなものだった。人目に触れぬよう上から筵がかけられており、ぴくりとも動かない。

彼らはどこに連れられてゆくのだろう。市松はお蝶と共に通りの脇に身を寄せて、力なく戸板を見送った。

いったいなぜ、あの男たちは虎屋に戻ってきてしまったのか。襲撃を為果せたなら、彼らはばらばらに分かれて逃げるべきであった。

このあたりに不案内なのと、はじめて人を斬った恐怖から、不安になって元いた場所を目指してしまったのだろうか。なんとも浅はかなことである。

誰になにを聞いてきたのか、耳の早い野次馬が、息を切らしながら騒動の顚末を触れ回っている。

「高輪の東禅寺だとさ。狙われたのは英吉利公使だ」

「なんだって。殺ったのか」

群衆から、浮かれたような声が上がる。きっと彼も、異人を快く思ってはいないのだろう。

「いいや、死んじゃいねぇ。英吉利人たちは怪我をしただけだとよ」

その返答を聞いて、市松は目を見開いた。

まさか襲撃が、不首尾に終わっていたとは思わなかった。ならば黒沢の襦袢にべったりとこびりついていたのは、誰の血なのか。

振り上げた刃は英吉利人を仕留めきれずに、警護の者に阻まれた。神州日本から夷狄を追い払うと息巻きながら、けっきょくは侍同士で斬り合ったのだ。

男たちの無謀に呆れつつも、強く引き留める言葉を持たなかったわけが、今ようやく分かった気がする。そうなりたいと望んだわけでもないのに女のふりをして生きている市松には、己の信ずるものに向かってまっすぐに突き進んでゆく男たちが、羨ましかったのだ。死の恐怖すら必死に飲み込み、戦おうとする姿が眩しく見えた。

それなのに、彼らは英吉利公使を生かしたまま、尻尾を巻いて逃げてきたという。英吉利人と刺し違えて死ぬならまだしも、わざわざ逃げた先で捕吏に囲まれ、もはややここまでと諦めて腹を切ったのだ。

他の浪士たちはどうしたのだろう。警護の者に斬り伏せられたか、それとも生きて別のところに逃れたか。どちらにせよ彼らにも、英吉利公使は斬れなかった。

どうしてだと、湧き上がってきたのは怒りだった。彼らの理想も命の価値も、それほど薄っぺらいものだったのか。

たとえば市松なら、なにがなんでも英吉利公使を討たねばならぬとなれば、周到に準備を整えたことだろう。まずは東禅寺の図面を入手し、下働きの者を抱き込んででも、警護の位置と人数と、オールコックの寝所くらいは把握しておく。その上で襲撃に必要な人数と、侵入箇所を割り出すだろう。

しかし彼らは、そういったことはなにもしていなかった。策などなくただ向こう見ずに突っ込んで、ひたすら斬る。それだけだ。

今思えば井伊大老の襲撃がうまくいったのも、いくつかの偶然が重なっただけのこと。彼らの理想には計画性がなく、ただ激情に任せて暴れているにすぎなかった。

どうしようもない、死に急ぎども。逃走経路の打ち合わせもなく、無駄に戦い、死んでいった。真に浮かばれないのは、使命をまっとうして斬られたかもしれぬ警護の者である。

馬鹿馬鹿しい。だからお前たち浪士は、嫌われるのさ。

市松は未練を語った黒沢の、一本気な眉を思い浮かべる。はたして彼等は捕吏に阻まれることなく、楓屋にたどり着いたのだろうか。

「姉さん、行こう」

「ああ、そうだね」

お蝶に促され、市松は黒沢に繋がっていた未練の糸を手放した。楓屋に逃げた彼らがこの先どうなったとしても、もはや良心が痛むことはないだろう。

男になんざ、憧れるだけ無駄なのさ。

己にそう、言い聞かせた。

翌朝市松が目覚めると、下男の捨吉が枕元に控えていた。

人肌恋しいお蝶と一つの布団で寝て、むっちりとした体に巻きつかれていたために、襦袢が汗を吸って重いほどである。

「暑い」と呟くと捨吉はすぐさま台所の土間に下り、水瓶から湯呑みに水を汲んできた。

市松は身を起こし、ごくごくと音を立ててぬるい水を喉に流し込む。そういえば昨夜から、ろくに飲み食いしていなかった。渇いた体に潤いが巡り、腹の底から吐息が洩れる。

その間に捨吉は木桶にも水を満たし、手拭いを添えて置く。体を清める用意だけを整えて、その場にかしこまり深々と頭を下げた。

なにも知らぬ幼い市松の体を開き、男の味を教え込む「まわし」であった過去を悔いる捨吉は、決して自分から主に触れてこない。それどころか、肌すら見るまいと決めている。

しかし市松は全身が重怠く、指一本動かすのも億劫だった。

「拭いてぇな」

上方の抑揚でそう告げる。捨吉は小さく頷くと、懐から手拭いをもう一枚取り出し、それを使って己に目隠しをした。

手探りで桶の位置を探り当て、手拭いを浸して硬く絞る。市松が襦袢を肩からすとんと落とす気配を読んで、膝を前に進めてきた。それから大事な珠でも磨くように、背中を丁寧に拭き上げてゆく。

「倒錯してるねぇ、相変わらず」

お蝶が目を覚まし、肘を枕にして笑っていた。彼女の軽口を聞き流し、捨吉は黙々と手を動かし続ける。

「この人さぁ、明け方にやって来て、姉さんが起きるまでずっとそこに座ってたんだよ。せっかくだから一緒に寝るかいと誘っても、なんにも言わないんだもの。陰間の『まわし』ってのは、女の相手はできないのかねぇ」

朝っぱらから元気な女だ。床に就いたのが遅く、寝足りないはずなのに、キンキンと高い声でよく喋る。

「およし。そんじょそこらの『まわし』とこれを一緒にしちゃ、気の毒だよ」

「どっちが気の毒なのさ」

「そんじょそこらの『まわし』がさ」

そう言ってやると、捨吉は目隠しをしたまま薄く微笑む。

「やだ、喜んでるよ」と、お蝶が呆れて肩をすくめた。

濡れ手拭いで汗を拭ってもらうと、気分までさっぱりした。捨吉が持参した着替えは、清潔で着心地がよい。爪の間にこびりついていた血液らしき汚れも、目隠しを外した捨吉が刷毛を使って掃除した。

そうすると、昨夜の凄惨さの名残はなにもなくなった。

「首尾は？」

捨吉が煙管を差し出してきたので一服つけながら、気にかかっていたことを問う。煙草盆の位置をこちらにずらしてから、捨吉は「はい」とその場に手をついた。

「言いつけどおりに芝の楓屋を見張っておりますと、褌姿の浪士らしき二人組と巳之助が裏から駆け込んでゆきました。しばらく待っても出てくる気配がございませんで、追っ手に知らせて踏み込ませました」

「それから？」

「楓屋には以前から不逞浪士が出入りしていたようだと吹聴しましたら、主と巳之助、そしてお内儀も問答無用で引っ立てられてゆきました」

「娘もいると聞いたけど」

「昨夜は留守にしていたようです」

捨吉は、市松の意を汲んでうまく立ち回ってくれたらしい。楓屋の娘を柏屋の後添いにという話も出ていたようだが、父親がお縄となってはそれも立ち消えとなるだろう。

市松は気怠さと共に、煙を細く吐き出した。

「浪士たちはどうなったのさ」

「追っ手が迫ったと悟るや、二階の窓から飛び降りて揃って逃げてゆくのを見ました。捕らえられたとの報はまだ耳にしておりません。探らせたほうがよろしいでしょうか」

「いいや、構わない。そっちはもう放っておきな」

「かしこまりました」

捨吉が額を畳にこすりつける。市松は煙管をトンと叩き、吸い殻を煙草盆に落とした。

これにて、一件落着。と言えるほどすっきりした幕引きではないが、もはや楓屋の強突く張りどもが、柏屋にちょっかいをかけることはあるまい。そのため浪士たちには、駒として動いてもらった。

市松がこの決着を思いついたのは、他でもない巳之助が「なにかあったときにゃ、芝の楓屋にお越しくださいよ」と、心にもない世辞を口走ったときだった。

英吉利公使館襲撃の浪士を匿ったとあっては、楓屋はきつい調べを受けるはず。ただでさえ評判のよろしくない家である。捕まりさえすれば、余罪はいくらでも出てくるものと思われた。

浪士たちの出立の際に「楓屋で匿えるとおっしゃっていましたよね」と、巳之助に念を押したのも算段の上。それならばと一人や二人は、芝方面へ逃れてくれるものと踏んでいたのだが。

さすがに奴らも、巳之助ごときをあてにはしなかったか。

宴席を盛り上げるため必死に踊り続けたというのに、人望のない男である。

しかし死傷した三人に先駆けて、黒沢と目つきの悪い浪士が虎屋に戻ってきてくれた。そのお陰で、巳之助をつけて逃がしてやることができたのだ。

親身になって逃がしておいて、逃れた先で追っ手に踏み込ませようというのだから、良心が痛まなかったわけではない。だがそれも、彼らが掲げる理想とやらのお粗末さを見聞きするまでのことだった。

黒沢たちのこの先は、もはや市松の与り知らぬところ。どこかで見咎められて捕まったとしても、それまでの運ということだ。

「さて、帰ろうか」

「はい。支度をいたします」

市松の言葉の先を読み、捨吉が化粧道具を整えはじめる。白粉を水で溶く手つきも慣れたもの。たっぷりと刷毛に吸い込ませ、市松の衿足にひやりと滑らせた。

直に触れていなければ、捨吉に遠慮はない。職人のような眼差しで、市松の顔を作り上げてゆく。

「お蝶もありがとうよ。長いこと閉じ込めちまって、悪かったね」

されるがままになりながら、世話をかけた妹弟子にも礼を言う。お蝶は「なぁに」と胸を張った。

「いいってことさ。その代わり姉さんがこの先女を抱く気になったら、一番にアタシを呼んどくれよ」

ああ、まったく。こっちが珍しく恩に着てるってのに、この女ときたら。

市松は赤く彩られたばかりの唇を歪め、「考えとくよ」と苦く笑った。

四

そろりそろり。お蓮が陶器の小さな器を手に、すり足で近づいてくる。中身を零してなるものかと、顔つきは真剣そのものである。

「お水、入れてきたわよ」

勝ち気なお蓮にも、可愛いところがあるものだ。密かにそう思いながら、雲雀の寝藁を取り替えていたおりんは「ありがとう」と顔を上げる。

夜更けに二人で話し込んでから、お蓮とはずいぶん打ち解けた。なにも知らないおまさは気が気ではないようだが、同い年の女の子が仲良くなるのは自然なこと。それを咎めるのは無理があると、ぐっと堪えているらしい。

それをいいことにお蓮は、手伝いと称してしょっちゅうおりんの傍にやってくる。今もちょうど手分けして、雲雀の世話をしているところだった。

逃げぬよう雲雀を鳥籠の奥に追い遣ってから、扉を開けて水入れを置いてやる。お蓮が面白そうに身を乗り出して、手元を覗き込んできた。

「アンタってこういうの、女中任せにしないのね」

そう言われてみれば、考えたこともなかった。久兵衛が鳥屋で雲雀を買ってきてから、あたりまえのようにおりんが世話をしている。朝餉の前に鳥籠を清めてやるのも日々の習慣になっていて、苦に感じたりしなかった。

「だって女中は、鳥の世話をするために雇われてるわけじゃないもの」

おりんは冗談めかして肩をすくめる。

噂によると飼い鳥道楽のお殿様は、それ専用の小者を雇っていたりするそうだ。瓢屋には、そのような役目の者はいない。

大空高く放たれても、律儀に帰ってきてしまう哀れな小鳥だ。籠の中でしか生きられぬなら、せめてこの手で可愛がってやりたかった。

「ふぅん」

分かったような分からぬような返事をして、お蓮も傍らに腰を下ろす。口元に手をかざし、ひそひそ声で尋ねてきた。

「ねぇ、おまささんを復縁させる策は思いついた？」

不甲斐ないことに、まだである。おりんは無言で首を振る。

二人きりになったときを狙って、ああでもない、こうでもないと意見を戦わせてはいるのだが。妙案を思いついたところで、けっきょく誰かの迷惑になる。その度に取り下げて、いまだ無策のままだった。

「そう簡単にはいかないか」

十三の小娘が話し合ってすぐに思いつくような策があるなら、誰も苦労はしていない。しかしあまり手をこまねいていては、藤治郎の再縁が決まってしまう。

「藤治郎さんも、もう少ししっかりしてくれないかしら」

なにも考えつかないものだから、代わりに愚痴が洩れた。

元はといえば、押しの強い叔父に土俵際まで攻め込まれている藤治郎が悪いのだ。優しくて人がいいのは分かるが、大人の男としてはなんとも頼りない。

「ほんと、それよねぇ」

お蓮もまた、同意してため息をついた。

二人で話し合っても妙案が浮かばなかったら、藤治郎に談判しに行くのも手かもしれない。

そんなことを考えながら、おりんは小鉢に雲雀の餌を流し入れる。餌は粟と稗を混ぜたものである。

「虫ばかり食べるわけじゃないのね」と、お蓮が話をそらした。

「ええ、雲雀は雑食なんですって」

もう一度雲雀を奥に追い遣ってから、鳥籠の扉を開ける。とそこへ、廊下を走る慌ただしい足音が近づいてきた。

踏みしめる音が軽いから、おそらくは女であろう。無作法な女中もいたものだと眉をひそめていると、廊下に面した障子が勢いよく開けられた。

「お蓮ちゃん、大変よ」

驚いたことに、駆け込んできたのはおまさだった。

どこから走ってきたのだろう。無地お召に包まれた肩が激しく上下している。お蓮にすがりつくように、その場にへなへなと座り込んだ。

落ち着きのあるおまさがこんなに取り乱すなんて、いったいなにがあったのか。

息を詰めて次の言葉を待つものの、呼吸が荒くて聞き取れない。

「えっ、なに？」

頰を寄せて聞き返す。おまさはごくりと唾を飲み、喉の奥から声を絞り出した。

「か、楓屋さんが――」

おりんはとっさに、お蓮を見遣る。

おまさはお蓮の正体を、ひた隠しにしていたのだ。それを忘れて楓屋の名を口走るなんて、ただごとではない。

お蓮のお父つぁんが、また余計なことをしでかしてくれたのだろうか。膝の先をおまさに向けて、よくよく話を聞こうとした。そのときである。

「あっ！」

お蓮が大きく口を開け、なにかを追いかけるように目を泳がせる。その視線をたどってみて、おりんも「あっ！」と腰を浮かせた。

閉め忘れた鳥籠の扉から、飛び出てきた雲雀が目の前を横切ってゆく。

追いかける暇もなかった。雲雀はそのまま一直線に、雲の彼方へと舞い上がる。

慌てて窓から顔を出してみれば、目に染みるほどの青空だった。

眩しさに、涙が滲み出てくる。目を凝らしても小鳥の影はすでになく、ツィーツィーという鳴き声だけが、あたり一面に響き渡っていた。

それっきり、雲雀は戻ってこなかった。

五

しばらくは梅雨が明けたかと疑うような晴天が続いたものの、それからまたひどく降り、六月も半ばになって、ようやく目の覚めるような青空が戻ってきた。風鈴の音と共に、ぬるい風が吹き込んでくる。久方振りの市松師匠の稽古場は、濡れ縁に面した障子が開け放たれていた。

それでも蒸し暑さは去らず、握った撥が手汗で滑りそうになる。一方の市松師匠は今日も首にメリヤスの布を巻き、涼しげな顔で座していた。

天候が不順だったせいか、師匠の風邪は案外と長引いた。枕を上げられるようになってから、今日が初の稽古日だという。

「久方振りの稽古です。差し支えがなければ、一番にお越しください」と、下男が瓢屋まで知らせに来てくれた。おりんは二つ返事で、「伺います！」と頷いた。

数多(あまた)いる弟子の中から一番に呼んでくれるなんて、きっと目を掛けられている証だろう。その期待に応えねばと、背筋が伸びる思いであった。

病み上がりの市松師匠は、少しばかり面差しがやつれたようだ。それがまた儚げな風情を醸し出しており、しばらく振りなせいもあってうっとりと見とれてしまう。これが男だというのなら、自分だって男で通じるのではないかと常識を疑いたくなった。

『黒髪』を習ったところまで弾き終えてから、撥を置く。たぶん、どこも間違えなかったはず。おりんは居住まいを正し、「よく稽古をしたね」という、お褒めの言葉を期待した。

しかし市松師匠は、曲のできには一切触れてこなかった。

その代わりに、こう尋ねてきた。

「そういや、『おまさ姉さん』はどうしてる？」

これはどういった心境の変化だろう。以前おまさの話をしたときは、身の上相談をしに来ているのかと叱られたものだけど。

もしかするとまだ、体が本調子ではないのかもしれない。

「ええと、話せば長くなるんですけど」

「構わないから、話しておくれ」

本当に、いいのだろうか。訝りながらもおりんは、おっかなびっくり語りだした。おまさの離縁には、隠された事情があったこと。その元凶たる楓屋の、娘が瓢屋に家出してきたこと。彼女と二人でおまさと藤治郎をなんとか復縁させられないかと、話し合っていたこと。そんな折になんと楓屋が、不逞浪士を匿った罪でお縄についてしまったこと。

市松師匠が話を遮らずに聞いてくれるものだから、こちらもだんだん調子が出てきた。元より誰かに話してみたいような出来事だ。特に楓屋の主の悪どさなどは、身振り手振りを交えて力説してしまった。

「そう、大変なことがあったんだねぇ」

話があっちこっちに飛ぼうとも、師匠は辛抱強く相槌を打っていた。おりんはさらに勢いづいて、事の顛末を熱く語った。

「ひどいお父つぁんだとは思っていたけど、まさか不逞浪士と通じていたなんて。これにはお蓮も驚いていたわ。楓屋の三人は、見せしめのためにも江戸十里四方追放ですって」

江戸十里四方追放とは、日本橋を中心とした東西南北それぞれ五里の範囲を立ち入り禁止とする刑である。家屋敷を没収とする闕所はつかず、そちらの管理は甥である藤治郎に任されることになりそうだ。

これにより楓屋の夫婦とその息子は、二度と江戸の地を踏むことができなくなった。こっそり舞い戻ってきたとしても、無理を通せばさらに重い刑に処せられる。つまりおまさと藤治郎の間に横たわる障害は、なくなったも同然であった。

「その処分が決まってすぐ、おまさ姉さんとお蓮は柏屋へ移っていったわ。うちのお父つぁんとおっ母さんは、事情を聞いてびっくりしてた。けど姉さんの幸せが一番だからと、なにも言わずに見送ったの。頼りない藤治郎さんには、ちょっぴり意見したみたいだけどね」

ちょっと浅草までと言い残して出かけていった久兵衛は、その夜珍しく深酒をして帰ってきた。体調の悪いお松に代わって迎えに出たおりん相手に、「今度こそ俺の娘を、幸せにしねぇとただじゃすまさねぇぞ！」などとくだを巻いていたものだ。

男親として、腹に据えかねるものはあるのだろう。それでも父は、おまさの意思を尊重したのだった。

「そうかい、それはよかった。けれどもそのお蓮とかいう娘は、今後どうするつもりなんだい」

会ったこともない娘を心配して、市松師匠が眉を曇らせる。ふた親と兄が罪人となり、十三にして一家離散の憂き目を見たとあっては、同情されてしかるべきだ。ところが家族に愛想を尽かしていたお蓮はけろっとしたもので、「本当に天罰が下ったわね」などとのたまった。

今までろくでもない親兄弟に振り回されてきたのだから、自由になれた喜びは少なからずあったろう。けれども本当の胸の内は、もっと複雑だったに違いない。それでもおりんに対しては、「せいせいしたわ」と強がってみせるだけの余裕があった。

「お蓮はおまさ姉さんと藤治郎さんの、養女になるの。これで柏屋の跡継ぎ問題にもけりがつくわ。あの子なら大丈夫、とにかくしっかりしているもの」

嫌になるくらいにねと、おりんは心の中でつけ足す。

意地っ張りなあの子だって、柏屋の養女になって家族の温もりに触れていけば、多少は柔軟になるだろう。そしていずれは優しい婿を迎えて、尻に敷きながら柏屋を切り盛りしてゆけばよいのだ。

万事丸く収まったと言うには騒動が大きすぎたけど、ひとまずは収まるべきところに収まった。市松師匠も「その子のためにはなによりだね」と、眼差しを緩めている。

「はい！」と、おりんは元気よく頷いた。

「おまさ姉さんもお蓮もこの先は、自分で幸せを摑み取ってゆくと思います。だからあたしも、将来のために発憤しなきゃ。お師匠さん、さっきの『黒髪』はどうでした？」

勢いが余り、膝をずいと前に進める。

師匠が曲のできについて触れないのは、もはやなにも言うことはないという意思の表れなのかもしれない。そんなにうまく弾けたかしらと、おりんはどきどきしながら返答を待つ。

ところが優しげだった市松師匠の目は、おりんの問いを受けて急に険しいものになった。

「どうって、言うまでもなくまだまだだよ。今はどうにか勘所を押さえているだけ。赤ん坊のよちよち歩きみたいに、危なっかしくって見てらんないよ」

期待に反して、散々な評である。

これでも市松師匠が病の間、一人で稽古に励んだつもりなのだが。ちょっとくらい褒めてくれてもいいのにと、恨めしい気持ちが湧いてくる。

「ただし前は寝ているだけの赤ん坊だったから、少しは成長したね。そこは褒めておくよ」

はたしてそれは、褒めているのだろうか。いいやきっと、まだまだ伸びしろがあるということだ。

「久し振りに顔を合わせたもんだから、すっかり長話をしちまったね。どうする、もう一回復習ってくかい?」

さっき昼四つの鐘が鳴ったから、そろそろお種が迎えにくる頃合いだった。しかし師匠がまだつき合ってくれると言うのなら、おりんに否やはない。

「お願いします!」と、目を輝かせて頷いた。

よく磨き上げられた濡れ縁に座り、市松はぼんやりと空を見上げる。

目に痛いほどの青さの中に、雲の峰がむくむくとそそり立つ夏の空だ。この時期は日差しといい色彩といい、過剰すぎて気後れがする。梅雨が明けたばかりなのに、早く秋にならないかしらと、待ち遠しくてならなかった。

「お疲れではないですか」

風がよく通るよう、部屋の境の障子はすべて開け放している。素通しなものだからいつの間にか、捨吉が傍らに立っていた。

「西瓜を切りましたから、召し上がってください」

彼も濡れ縁に膝をつき、手にしていた皿を滑らせてくる。涼しげな染付の器に、食べやすく賽の目に切られた西瓜が盛られていた。

陰間というのは、食べる姿も上品でなければいけないと教え込まれる。ゆえに市松は陰間茶屋に売られて以来、西瓜にかぶりついたことがなかった。

「おおきに」

西の言葉で礼を言い、添えられていた楊子でひと切れ頬張る。井戸でよく冷やしておいたらしく、清々しい汁がじゅわっと、口いっぱいに広がった。

「ああ、美味し」

体に溜まった熱が引き、市松はほっと息をつく。

ちりりんと鳴る、ビードロの風鈴も涼やかだ。手で掴むことのできない風を音にしてしまうなんて、先人の知恵とはたいしたものである。

「あまり、ご無理はなさいませんように」

人心地ついたところで、捨吉が珍しく苦言を呈す。これは過日の、品川での無茶も含めた叱責であろう。

疲れが溜まっていたのか市松は、品川から戻ったとたん本当にひどい風邪をひいてしまった。いつまで経っても熱が下がらず、かといって男とばれるわけにはいかないので、医者にかかることもできない。看病の捨吉には、さぞかし心配をかけたことだろう。

けっきょく十日以上も寝ついてしまい、昨日ようやく枕を上げられた。そして居ても立ってもいられずに、稽古を理由におりんを呼んでもらったというわけだ。

「体がまだ本調子ではないでしょう」と捨吉は渋ったが、市松は病床にありながらもおまさの顚末が気になってしょうがなかった。

彼女が柏屋のお内儀に戻れたなら、わざわざ品川くんだりまで出張って行った甲斐があるというものだ。

「すまなかったよ」

おまさの幸せが嬉しくて、詫びる声にもうっかり喜色が混じってしまう。捨吉の恨みがましい眼差しには気づかぬふりで、市松は西瓜を食べ進めた。

「それにしても楓屋の娘が瓢屋にいたってのは、驚きだねぇ」

わざと話題を変えてやると、捨吉はこれ以上主を責めてもしょうがないと諦めたようだ。面白くもなさそうな顔をして、「はぁ」と頷く。

楓屋の娘は巳之助に似ず、芯のある女子らしい。跳ねっ返りのおりんが「しっかりしている」と評するくらいだから、よっぽどである。親子とはいえ父親のやりようには、ついて行けなかったのだろう。

お蓮のふた親と巳之助に処分が下ったわけは、浪士を匿った咎のみにあらず。彼らが捕まるやいなやその詐欺紛いの商いが暴かれて、被害を受けた者たちが訴え出たのである。ついでに奉公人への折檻や給金の未払いまでが明るみに出て、それらの罪状をひっくるめて追放刑となったのだった。

住み慣れた土地を追われ、流浪の身となるのも因果応報。ならば心にもない言葉で人を惑わし、泥濘（ぬかるみ）に突き落とす己にも、いつか天罰が下るのだろう。

そんなことを考えて、市松は唇に自嘲を刻む。

「そういや、あいつらは捕まったかい」

これはもう、何度目かになる問いだ。だから捨吉は、誰のことですかとは尋ねない。ただ「聞き及んでおりません」と、静かに首を振るばかりである。

病床で受けた報告によると、斬り込みに加わった十四人の浪士のうち、東禅寺で討ち死にした者が三人。深手を負って捕縛され、牢に繋がれているのが一人。虎屋で自刃したのが二人。同じく虎屋で腹を切ったものの、死にきれず翌日になって死亡したのが一人。

その他は、今のところ逃げおおせているそうだ。

「気になるなら、探らせますが」

という捨吉の申し出を、断るのも何度目か。

市松が「いや、いい」と首を振ると、捨吉はこれ見よがしにため息をついた。

「その黒沢という浪士は、よっぽどいい男だったんでしょうね」

いったいそれは、なんの厭味か。まともに取り合わず、市松はうふふと笑う。

「なぁに、お前さんには及ばないさ」

青すぎる空の彼方から、ツィー、ツィツィと、雲雀の囀る声が降ってくる。夏雲雀は、さほど高く飛ばぬはず。なんとも季節外れなことである。これはもしや、自分だけに聞こえる幻聴なのではあるまいか。訝りながら、市松は美声に酔いしれてそっと瞼を閉じた。

この作品は書き下ろしです。

幻冬舎時代小説文庫

●好評既刊
商人殺し
はぐれ武士・松永九郎兵衛
小杉健治

浪人の九郎兵衛は商人を殺した疑いで捕まるも身に覚えがない。否定し続けてふた月、真の下手人が見つかるが……。腕が立ち、義理堅い一匹狼がその剣で江戸の悪事を白日の下に晒す新シリーズ。

●好評既刊
吾亦紅（われもこう）
小鳥神社奇譚
篠 綾子

小鳥神社で「虫聞きの会」が開かれるが、宴の最中に医者の泰山が気になることを口にする。江戸で不眠に苦しむ患者が増えているというのだ。流行り病か、それとも怪異か――。シリーズ第六弾。

●好評既刊
新・剣客春秋 吠える剣狼
鳥羽 亮

稽古帰りの門弟が何者かに斬られる事件が続発し、門弟が激減した千坂道場。道場主の彦四郎が始めた執念の探索で炙りだされた下手人、呆れるばかりの犯行理由とは？ シリーズ幕開けの第一弾！

●好評既刊
せきれいの詩（うた）
村木 嵐

浪人となった松平陸ノ介は幼馴染と仲睦まじく暮らしていたが、尾張藩主である長兄・徳川慶勝に請われ家士となる。藩内の粛清を行う陸ノ介。一方、弟の松平容保は朝敵の汚名を被り一路会津へ。

●好評既刊
江戸美人捕物帳
入舟長屋のおみわ 紅葉の家
山本巧次

長屋を仕切るお美羽が家主から依頼を受けた。隠居のために買った家をより高い額を払ってまで手にしたがる商人がいて、その理由を探ってほしいという――跳ね返り娘が突っ走る時代ミステリー。

市松師匠幕末ろまん　黒髪

坂井希久子

令和5年1月15日　初版発行

発行人――石原正康
編集人――高部真人
発行所――株式会社幻冬舎
〒151-0051東京都渋谷区千駄ヶ谷4-9-7
電話　03(5411)6222(営業)
03(5411)6211(編集)
公式HP　https://www.gentosha.co.jp/
印刷・製本―図書印刷株式会社
装丁者――高橋雅之

幻冬舎時代小説文庫

ISBN978-4-344-43264-2　C0193　さ-45-2

この本に関するご意見・ご感想は、下記アンケートフォームからお寄せください。
https://www.gentosha.co.jp/e/